KB093405

2023

제68회

現代文學賞

수상시집

안규철, 「두 개의 빈 의자」, 드로잉

| 현대문학상 기념조각 |

안규철

책은 양면적인 요소들이 중첩되어 있는 물건이다.
책에는 왼쪽과 오른쪽 페이지가 있고, 보이는 앞면과 보이지 않는 뒷면이 있다.
안과 밖이 있고, 시작과 끝이 있다. 흰 종이와 검은 잉크가 있고,
드러난 것과 숨겨진 것이 있으며, 저자와 독자가 있다.
서로 상반되면서 동시에 상호 의존적인 이런 요소들은 책이 닫혀 있을 때는 드러나지 않는다.
책은 상자와 같아서, 책장이 펼쳐지기 전에 그것은 무뚝뚝한 한 덩이 종이 뭉치에 불과하다.
책을 열면 이렇게 하나였던 것이 둘이 된다. 왼쪽과 오른쪽이, 안과 밖이, 저자와 독자가 거기서 생겨난다.
그리고 그 둘 사이에서, 낯선 한 세계의 지평선이 떠오른다.
마술사의 손바닥에서 피어나는 꽃처럼, 작은 책갈피 속에서 세계 하나가 온전한 윤곽을 드러낸다.
문학작품 앞에서 늘 그것이 경이롭다.

제68회 現代文學賞 수상시집

황유원

하얀 사슴 연못 외

현대문학

수상후보작

심사평

수상소감

수상작

하얀 사슴 연못 외

황 유 원

황유원

하얀 사슴 연못 외

1982년 울산 출생.
2013년 『문학동네』 등단.
시집 『세상의 모든 최대화』 『이 왕관이 나는 마음에 드네』 『초자연적 3D 프린팅』.
〈김수영문학상〉 〈대한민국예술원 젊은예술가상〉 수상.

하얀 사슴 연못

백록담이라는 말에는 하얀
사슴이 살고 있다

이곳의 사슴 다 잡아들여도 매해 연말이면 하늘에서 사슴이
눈처럼 내려와 이듬해 다시
번성하곤 했다는데

이제 하얀 사슴은 백록담이라는 말
속에만 살고
벌써 백 년째 이곳은 지용의 『백록담』 표지에서
사슴 모두 뛰쳐나가고 남은
빈자리 같아

그래도 이곳의 옛 선인들이 백록으로 담근 술을 마셨다는 기록
이 있는 것을 보면
백록은 어쩌면 동물이 아니라
기운에 가깝고
뛰어다니기보다는 바람을 타고 퍼지는 것에 가까워
백록담, 이라고 발음할 때마다 『백록담』 표지 밖에서 표지 안

으로
　돌아오는 것도 같고

　하얀 사슴 몇 마리가 백록담 위를 찬바람처럼 달려가고 있을
거라는 생각만으로도 머릿속은
　청량해진다
　연못에 잠시 생각의 뿔을 담갔다
　빼기라도 한 것처럼

　사실 지용이 『백록담』을 썼을 때 사슴은 이미 여기 없었다
　표지의 사슴 두 마리는 없는 사슴이었고
　길진섭의 그림은 그저 상상화일 뿐이었는데

　어인 일일까
　백록담, 이라고 발음할 때마다
　살이 오른 사슴들이
　빈 표지 같은 내 가슴 속으로 다시 뛰어들어와
　마실 물을 찾는다

놀랍게도 물은 늘
그곳에 있다

자명종

스스로 우는 이 시계는
어쩐지 자명하다
자명한 이치처럼 자명해서
그 울림이 맑고 깊어
생각만으로는 아무것도
달라지지 않는 것도
자명한 일이라지만
생각만으로도 벌써
이제 막 빛이 번지기 시작한 어느 호수
언저리처럼 변화가 시작되고 있다는 사실 또한
자명한 일이어서
나는 오늘도 이 자명종을 내가
원하는 시간에 맞춰 놓고
일을 하거나 잠시 기지개를 펴기도 하며
그때가 오기를
기다리는 것이다
원하는 시간에 자명종을 맞춰 놓으면
갑자기 지금 이 시간으로부터 그
시간까지 하나의 긴

문장이 적히기 시작하는 것 같고
나는 이제부터 그 시간 속으로 걸어 들어가
그 문장에 형광색 밑줄을 천천히 긋기
시작하는 것 같아
자명종
미리 정해 놓은 시각이 되면 저절로
소리가 울리도록 장치가 되어 있는
현대의 종아
커다란 종도 좋겠지만
커다란 종이 있는 종탑이 있는 성당을
가질 수 있어도 좋겠지만
나는 너 하나로 만족하련다
자명종
자명한 나의
사랑 같은 종아

air supply

에어 서플라이의 러셀 히치콕은
비싼 돈 내고 공연에 오는 사람들이 늘 최상의 목소리를 들을
수 있도록
평생 담배를 한 번도
피우지 않았다는 이야기를 들은 적이 있다

중학생 시절의 어느 여름
98.7MHz에서였다

그 후로
우연히 그의 목소리가 들릴 때마다
담배 연기가 걷히는 것 같다

하늘이 맑아지는 것 같다

에어 서플라이가 한창 활동했을 때는 있지도 않았던
미세먼지라는 말까지 사라지는 것 같다

공기가 공급되는 것 같다

요즘 대도시의 그저 그런 공기가 아닌
강원도의 진짜 공기가

강원도의 산들이 높아지고
높아져서 별들에까지 이르고

별들이 차갑게 빛나는 것 같다
방금 나온 이 시원한 무알콜 맥주 한 병처럼
별들이 흘러넘쳐 차가운 하늘에 담기는 것 같다

우연히 너와 들어간 양양의 어느 식당에서
수년 만에 에어 서플라이의 노래를 듣고는
밖으로 나가 한동안 멍하니
하늘을 올려다보았다

아무도 없는 틈을 타
잠시 마스크 벗고
청명한 공기를 들이마셨다

최고 음역대에서도 뭉개지거나 찢어지지 않는 맑은 사운드

최상의 하늘이었다

아르보 패르트 센터

 저희 센터는 탈린에서 35킬로미터 떨어진 라울라스마, 바다와 소나무 숲 사이의 아름다운 천연 반도에 위치해 있습니다. 저희 센터를 방문하실 수 있는 가장 손쉬운 방법은 자가용을 이용하는 것이나, 버스나 자전거 혹은 두 발을 이용해 방문하실 수도 있습니다. 저희 센터 주차장에는 자전거 보관대가 마련되어 있습니다.*

 하지만 가장 좋은 방법은 역시 탈린에서 센터까지 두 발로 걸어오는 방법입니다. 35킬로미터가 그리 가까운 거리는 아니라는 건 물론 저희도 잘 알고 있습니다. 하지만 멀지 않다면 무슨 소용이겠습니까. 당신은 음악이 가까이 손닿을 데에 있어서 그것을 찾는 건 아니지 않습니까. 종소리는 또 어떻습니까. 종소리는 늘 사라짐의 장르여서 사랑받습니다. 사라지려면 우선 멀어야 하고, 그러니 사라지기 위해서라면 35킬로미터로도 한참 부족할 테지만 우선은 그 정도로 시작해 몸을 푸는 게 좋겠지요.

 먼 거리에 대한 이야기를 꺼내고 보니 최근에 제가 겪은 일이

---

* Arvo Pärt Centre 홈페이지의 Location에 적힌 글.

떠오르는군요. 최근에 외국에서 친구 한 명을 사귀었습니다. 귀국 후에도 저는 그 친구와 iMessage로 계속 대화를 이어가는 중입니다. 그것은 그것대로 편하고 다행한 일이지만, 저는 때때로 휴대폰이 원망스럽습니다. 편지지에 천천히 길게 오랫동안 써야 마땅할 문장들이 휴대폰 화면에 조각조각 부서진 채 흩어지고 있으니까요. 하지만 어느 정도 시대에 순응하는 것도 중요한 일이겠지요. 저는 iMessage를 감사하게 생각하려고 노력 중입니다. 메시지 창 위에 적히는 우리의 문장들이 소나무 숲처럼 자라나고 있다고 생각하려고 노력 중입니다. 그리고 우리의 우정이 끊이지 않는 한, 이 숲은 자라고 또 자라, 언젠가 그 안에 저희 센터 같은 건물을 품게 될지도 모른다고도요.

잠깐 개인적인 얘기를 한다는 것이, 결국에는 저희 센터 홍보 글이 되어버렸네요. 하지만 뭐 어떻습니까. 우리는 늘 멀리 가야 본질적으로 만족하는 부류이며, 멀리 가는 방법은 눈 먹던 토끼 얼음 먹던 토끼가 제각각 아니겠습니까. 이렇게 떠드는 동안, 저는 벌써 센터를 떠나 소나무 숲 안으로 걸어 들어가고 있습니다. 숲으로 들어온 겨울 햇빛이 독서등처럼 켜져 있군요. 이런 독서등 아래서라면 뭘 읽어도 좋겠습니다. 아무것도 안 읽고, 잠시 소나무 뿌리 베고 잠들어도 좋겠습니다. 그럼 숲이 제 잠에 그려진 악보를 천천히 읽어보겠죠.

  누구나 물을 마시듯이 누구나 음악을 들을 수 있습니다.* 하지만 음악을 듣는 일보다 중요한 것은 언제나 음악을 들을 수 있는 상태에 머무는 일. 〈타불라 라사Tabula Rasa〉 리허설 첫날 때 연주자들은 음표보다 빈 공간이 더 많은 악보를 보고는 "음악은 어디 있어요?" 하고 물었었다죠. 휴대폰은 잠시 꺼두겠습니다. 당분간 당신을 찾지 않을 테니, 당신도 저를 찾지 말아주세요. 사라지려면 우선 멀어야 하고, 멀어지려면 아무것도 휴대하지 않는 편이 좋으니까요. 음악을 듣는 일보다 중요한 것은 언제나 음악을 들을 수 있는 상태에 머무는 일. 볼륨은 제로가 적당합니다.

* 비킹구르 올라프손.

에릭 사티

에릭 사티는
하얀 음식만
먹었다고
한다

달걀
설탕
잘게 조각낸 뼈
죽은 동물의 지방
송아지 고기
소금
코코넛
하얀 물로 조리한 닭
곰팡이 핀 과일
쌀
순무
장뇌로 처리한 소시지
페이스트리
(하얀) 치즈

코튼 샐러드
그리고 (껍질을 벗긴) 어떤 생선
이상이 그가 밝힌 하얀
음식의 리스트

결벽증
이라는 말은 대개
피곤하게 들리지만
이 경우
매우
아름답고
청결하게
들린다

병적으로 잘 청소한
깨끗한 공간
처럼 보인다
(깨끗한
이라는 말로는

부족하다
무류無謬적
이라고 해야 할
것이다)

흰 눈 소복이 내린 식탁
같을 것이고 아직 아무도 밟지
않았고 아무도 밟을 일
없는 눈밭
같을 것이다

하얀 음식의 이데아
같은 것을
떠올려보게
만들고

하얀 음식만 먹고 산 사티는
눈사람처럼
하얗게

사계절 한구석에 놓여
있다
녹아버렸다
아무도 모르게

아무도 모르게 녹아서
좋았다
누가 알면 귀찮고
피곤해져
혼자 죽는 게
더욱이 아무것도 남기지 않는 게
좋았다

좋았다
사람이 아무것도 남기지 않고 죽을 수는 없는
노릇이지만
아무것도 남기지 않고 죽는다는
생각이

흰꽃 등나무 옆에서

저녁 늦게 파주출판도시에 들렀다가
지지향紙之鄕에서 일박하고
새벽에 일어나 흰꽃 등나무를 본다
흰 꽃 이미 다 진
등이 꺼진 등나무
일석 이희승 선생이
1973년 혜화동에 집을 신축하며
오백 원을 주고 사서 심은 두 그루 중 하나라는 등나무
(나머지 한 그루는 또 어디서 흰 꽃 밝히고 있나?)
2002년 서호정사 옆에 식재했을 때 수령이 삼십 년
높이는 삼 미터 정도를 웃돌았다는데
그러니 이십 년이 지난 지금은 수령 오십 년
나보다 딱 열 살이 더 많구나
흰 꽃으로 등을 밝힌 지도 벌써
오십 년
매년 등불을 밝히는 마음
하지만 등잔 밑이 어두워
나는 지난 이십 년간 간혹 이 길 지나면서도
너를 알아보지 못했었다

무려 이십 년 동안 어두웠던 등잔 밑
뒤늦게라도 등잔 옆으로 찾아왔으나
꽃은 이미 다 지고
가을은 벌써 저 앞에 와 있고
하지만 꺼진 등도 보기에 그리
나쁘지만은 않아
등이라고 늘 켜져만 있으라는 법은 없지
등이 꺼진 등나무 옆에서
휴대폰도 마음도
지금 끌 수 있는 건 전부 다 끄고
너와 함께 어둠으로 내려앉은 채
아직 어스름한 새벽빛 속에 머물러본다
굳이 밝히지 않아도 밝았던
어떤 순간들을 머릿속에 떠올리며
아무도 모르게
둘이서만 은은히

천국행 눈사람

눈사람 인구는 급감한 지 오래인데
밖에서 뛰놀던 그 많던 아이들도
급감한 건 마찬가지
눈사람에서 사람을 빼면 그냥
눈만 남고
그래서 얼마 전 눈이 왔을 때
집 앞 동네 놀이터
이제는 흙이 하나도 없는 이상한 동네 놀이터에서
아이들이 만들어놓은 눈사람을 봤을 때
그건 이상하게 감동적이었고
그러나 그 눈사람은
예전에 알던 눈사람과는 조금 다르게 생긴
거의 기를 쓰고 눈사람이 되어보려는 눈덩이에 가까웠고
떨어져 나간 사람을 다시 불러 모아보려는 새하얀 외침에 가까
웠고
그건 퇴화한 눈사람이었고
눈사람으로서는 신인류 비슷한 것이었고
눈사람은 이제 잊혀가고 있다는 사실 자체였다
눈사람에서 사람을 빼고 남은 눈이

녹고 있는 놀이터
사람이 없어질 거란 생각보다
사람이 없으면 눈사람도 없을 거란 생각이
놀이터를 더욱 적막하게 만들지만
한 가지 확실한 사실은
눈사람은 아무 미련 없다는 거
눈사람은 녹아가면서도
자신을 만들어준 사람의 기억을 품고 있고
이번 생은 그걸로 충분하다고 생각하고 있고
어쩌면 그런 생각만이 영영 무구하다는 거
사람이 천국에 가는 게 아니라
눈과 사람의 합산
오직 사람이 만들어낸 눈사람만이
천국에 간다는 거

수상시인 자선작

사슴과 유리잔

맑은 날 강추위 속
멀리서 사슴 울음

사슴의 텅 빈 뿔 속으로
기어드는 추위

추위를 쫓아내지도
반기지도 못한 채
그저 뿔과 하나 된 추위를 느끼며
걸어가는 사슴

걸어가다 간혹 우는데
아무도 들어주진 않지만
혹여나 누가
듣고 있는 걸 알기라도 할라치면 별안간
뚝 그쳐버릴
아무도 안 들어서 아직
깨끗한 울음

맑은 늦겨울 아침
창문을 열었는데
얼굴에 와 닿는 한기

뿔 속에서 추위가 얼어 죽고 나서도
추위를 잊지 못해 계속
추위에 떠는
떨며 머릴 뒤흔드는
머리에 난 뿔
두 개

뿔 없는 나는 모르는
뿔 속의 추위를 담은 채
따그닥 따그닥 걸어가고 있는
추위가 하나

탁자 위에는
손톱으로 튕기면
가볍게 떨며 울다

이윽고 울음 그치며
주변의 고독과 완벽히 하나 되어 잦아드는
유리잔이 하나

낮눈

삼청동 카페 이 층 창밖 빈 나무에
텅 빈 말벌집 하나 매달려 있었다
벌써 다 그쳤다고 생각했던 눈이
다시 내리고 있었다
찬바람이 불고 있었고
말벌집은 그것이 매달린 가지의 흔들림에 따라
미세하게 흔들리고 있었다
카페에선 늘 음악이 들려오고 있고
음악이 들리면 뭔가 진행되는 것 같다
침묵이 침묵을 깨뜨리며 잠시
활동하는 것도 같다
건너편 테이블에 앉은 중년 여인들이
하나님이 왜 역사하시는지에 대해 떠들고 있었다
돌아가야 할 곳이 있다고 했다
그들이 일상어처럼 사용하는 은혜와 증거와 속죄와 희생과 지
상낙원
같은 말들이 눈 내리는 창밖을 더욱
비현실적으로 만들어가고 있었다
바람에 날리는 눈발들이 새하얀 벌 떼 같았지만

말벌집이 벌 떼들이 들어가 쉬어야 할 집 같았지만
눈은 말벌집으로 돌아가지 않았고
말벌집은 바람에 흔들리는 가지에 따라
흔들리고만 있었다
여름에 왔었다면 저게 저기 있는 줄 알 수
없었겠지 헐벗은 말벌집
안에 든 저 어두컴컴한 것은 또 대체 무엇일까
생각하는 사이
내리는 눈이 말벌집 위로 쌓여가고 있었다
그러다 깜박 잠든 사이
내리던 눈이 그치고
말벌집 위에 쌓여 있던 눈들이
집으로 모두 돌아가 있었다

리틀 드러머 보이

그날 너는 Low의 Little Drummer Boy 얘길 하다가
드럼통 주위에 모여들어 드럼을 두들겨댄다는
칸나 얘기를 했다
칸나가 잔뜩 피어나 노란 꽃머리로 통 통
아니 파란 양손으로 통 통
드럼을 연주한다고 했던가
송찬호의 시라고 했던가
다음 날 도서관에서 찾아본 그의 시에 심긴 칸나는 그러나
드럼을 치고 있지 않았고
대신 반 잘린 드럼통 속에 심겨 있었는데
나는 순간 너무나도 아름다웠던
너의 얘기 속 연주회를 떠올렸는데
그게 잘 떠오르지 않았다
너에게 다시 얘기해달라고 하면 너는
분명 또 다른 얘길 들려주겠지
분명 또 다른 연주가 울려 퍼질 거야
길에서 들은 노래는 길에서 돌아오면 잘
생각이 나질 않는다
밤에 만든 노래를 낮에 틀면 어딘가 반드시

고장이 나고 말듯이
아직 크리스마스는 멀었지만
파람팜팜팜
파람팜팜팜
하는 후렴이 울려 퍼지는 노래를 듣는다
드론 음이 지속되는 가운데
하늘에 함박눈 쏟아지는
붉은 앨범 재킷 속에 심겨 하얀 입김을 뿜어내다
천천히 꽃머리를 치켜드는 칸나가 되어

눈사람 신비

한밤중에 뜨거운 물 끼얹으면
좋은 생각이 나는 것 같다
생각이 정리되는 것 같다
사실 그건 생각이 아니라 기분인데
기분이 꼭 생각인 것만 같아
세상에서 가장 훌륭한 기분이 꼭
세상에서 가장 훌륭한 생각인 것만 같은
기분이 든다
집필되지도 않고
연구되지도 않을
지금껏 있어온 중 가장 훌륭한 생각!
눈사람이 자기 몸에 뜨거운 물 끼얹어
아래로 평등하게 고이게 된 물이
잘 정리된 생각인 것만 같다
오늘 밤 사라진 육체야말로
지상 최대의 생각인 것만 같아
생각은 육체가 하는 것이 아니라
생각은 애초에 육체의 몫이 아니라
전적으로 우주가 느끼는 기분

생각을 잘 정리해놓고 죽어야지
그러려면 폴더 정리보다는
욕실 청소와 좀 더 친해져야 해
뜨거운 욕탕 속에 들어가
천치처럼 목욕물을
이 손바닥 안에서
저 손바닥 안으로
평등하게 옮겨주며
이 밤을 함께해야 해
물 다 식을 때까지
진정으로 좋은 생각을 하다
물 다 식은 줄도 모르고
만면에 미소를 띤 채
곤히 잠이 들려면

틴티나불리*

초겨울 추위 속에 교회 종이 한 번 뎅그렁,
내면에 울려 퍼지는 종소리를 들으며
오늘 나의 존재는 종소리 울려 퍼지다 희미해지는 데까지

한겨울 추위 속에 교회 종이 한 번 뎅그렁,
내면에 몰아치는 눈보라 소리를 들으며
내일 나의 존재는 도자기 잔 속으로부터 대기 중에 울려 퍼지다
대기와 뒤섞여 더는 구분할 수 없게 되는 지점까지

뜨거운 물과 오렌지 향이 나의 내면으로 흘러들어와
나의 전신에 퍼져나가는 이 겨울

지금 차가운 창밖으로 고개 내밀어
네가 육안으로 볼 수 있는 데까지가 나의 내면
추위로 얼굴 온통 얼어붙고
너의 흰 뼛속에 스민 추위가 스미고 스미다

---

* 에스토니아의 작곡가 아르보 패르트의 작곡 기법으로, '작은 종' 또는 '일련의 종소리'를 뜻하는 라틴어 틴티나불룸(tintinnabulum)에서 가져온 말.

희미해지는 데까지가 나의 전신
희미해지다 마는 곳 너머까지가 너의 영혼

고요해진 눈밭에 교회 종이 한 번 뎅그렁,
잘 정리된 흰 수염 같은 세상
종소리에 모두들 내면엔 금이 가도
외면엔 여전히 차디찬 고드름

쨍그랑, 술잔을 부딪치던 시절은 이제 안녕
술 없이도 취해 있고
더 이상 취해도 취할 수 없는 날들까지가 이 겨울의 끝

테이블 위에는
식어 빠진 찻잔 속에 곤히 잠든 오렌지 차가 한 잔

올해 가장 시적인 사건

올해 가장 시적인 사건은 올해를 불과 한 달 남짓 남겨둔 어느 날 일어났다. 봉쇄령이 내린 이탈리아에서였다. 한 남자가 부부싸움을 하고 집을 나와서는 홧김에 무작정 걸었다. 보통 어느 정도 걷다 돌아오고 마는 사람들과 달리, 그는 걷고 또 걸었다. 그러던 어느 새벽, 그는 아드리아해에 면한 마르케주 파노 지역에서 도로를 순찰 중이던 경찰에게 발견되었다. 야간 통행금지령을 위반한 데 대한 과태료를 부과하기 위해 그의 신원을 확인한 경찰은 그만, 깜짝 놀라고 만다. 그가 사는 집이 북부 롬바르디아 코모 지역에 있었던 것이다. 그는 11월 22일에 부부싸움을 하고 집을 나온 이후로 아흐레 밤낮을 계속 걸어왔던 것이다. 길을 가다 만난 사람들에게 음식을 구걸하며 그곳까지 걸어왔다는 그의 수중에는 돈이 한 푼도 없었다. 이미 실종 신고가 되어 있는 상태였던 남자는, 원래 벌금으로 400유로, 그러니까 우리 돈으로 대략 53만 원을 내야 했지만 경찰은 위반 경위를 참작해서 일단 부과 통지를 보류한 상태라고 했다. 관련 기사에는 그가 걸어온 길이 구글 맵에서 캡처되어 있었고, 그 길은 자로 그은 듯 거의 직선이었고, 그것은 그가 말 그대로 그냥 전진하기만 했다는, 아무 생각 없이가 아니라 아무 생각도 없게 하기 위해 오로지 전진할 수밖에 없었다는, 그리고 실제로 그렇게 했다는 증거였다. 그는 왜 멈추지 않았을까. 왜 421킬로미터나 되는 직선거리를, 서울에서 제주도까지의 거리에 육박하는 그 거리를 묵묵히 걷기만 했을까. 무슨 이탈리아의 현대판 성자라도 되는 양 부부싸움을 한 모든 이들을 위해 그 길을 걸어주고 있었던 것은 아닐 것이다. 부부싸움을 하고도 멀리까지 걸어가진 못하는 이들의 마음만큼 걸어주고 있었던 것도, 봉쇄령 때문에 밤에 밖으로 나와 걷지도 못하는 모든 이들을 위해 법을 무시해가며 걸어주고 있었던 것도 아닐 것이다. 대체 왜 그랬을까. 나도 부부싸움을 하고 집을 뛰쳐나간 적이 있다. 작년 이맘때였고, 너무 추웠고, 지갑도 들고 나오지 않았고, 그래서 결국 차들이 쌩쌩 달리는 좁은 도로변을 걷다가 얼마 못 가 다시 돌아와서는, 차마 집으로 들어가진 못하고 대신 집 앞 상가 건물로 들어가 그곳 계단에 쭈그리고 앉아 한참을 떨었었다. 그게 그와 나의 차이다. 그게 올해 가장 시적인 사건과 그해 가장 찌질했던 사건의 차이다. 그래도 아직 시는 살아 있고, 누가 뭐래도 아무거나 시가 되지는 않는다. 다행이다.

양들은 한가로이 풀을 뜯고

양들은 한가로이 풀을 뜯고*
그 풀이 뚝, 뚝
끊기는 소리

양들은 한가로이 풀을 뜯고
왼손으로만 피아노를 치던 피아니스트의 굽은 오른손은
불어오는 바람에 서서히 펴져
나무처럼 자라오른다

양들은 한가로이 풀을 뜯고
이제는 한가한 게 어떤 건지도 잘
모르게 된 나는
저 양들을 보며 비로소 무언갈 깨달아간다

양들이 한가로이 풀을 뜯는 연주는 얼마나 놀라운가
풀 한 포기 없는 방을 풀밭으로 만들어놓고
천장을 본 적 없는 하늘빛으로 물들이는 이 연주는,

* 'Schafe können sicher weiden', 바흐의 '사냥 칸타타' BWV 208 중에서.

머릿속을 점령한 채 계속 날뛰는 무가치한 생각들을
스르르 잠들게 하는 이 연주는!

음악은 연주와 더불어 잠이 들고
양들도 이젠 다들 풀밭에 무릎 꿇은 채 그만
잠이 들어
풀 뜯는 그 모습 더는 보여주지 않지만
나는 이제 한동안 음악 없이도 양들이 한가로이 풀 뜯는 모습
머릿속에 그릴 줄 알게 된다

양들은 한가로이 풀을 뜯고
나는 그 풀이 된다

눈사태 연주

오르간 연주자가
오르간을 연주하고 있었다
성당에서의 실황 녹음
도중에 불현듯 창이 활짝
열렸는데도 관계자들 모두
고개를 푹
숙인 채
아무도 그 창을 닫으려 하지
않고 있었고
창은 너무 크고
높고
무거웠기에
열린 창으로 세찬 바람
들이닥치고 있을 때
휘날리는 흰 커튼은
꼭 얼어붙은
폭설 같았다
오르간 소리는
폭설의 휘장 속에서 흔들리는 한 줌

불빛
저 높은 곳에서
어쩔 도리 없이
무너져 내리는
무너져 내리기만 하는 눈사태 속에서
오르간 연주자가
오르간을 연주하고 있었고
나는 객석에 앉아 그걸 다
받아 적는 꿈을 꾸곤
깨어나 책상 앞에
앉아 있었다
밖에 만년설로 뒤덮인 봉우리
만년필촉처럼 뾰족한 봉우리는
없을지라도
모든 걸 휩쓸고도
모든 게 그대로인
모든 게 그대로인 채
모든 게 휩쓸려 가는
필기 소리가 쏟아내는 영$_寿$ 데시벨의

눈사태 속에서
고요한 한 장의 시를
받아 적고 있었다
창은 여전히 너무 크고
높고
무서웠기에
아무도 그 창 닫으려 하지
않고 있었고
먼 곳에서 흰 눈이 드러누운 채
단체로 부르는 합창
같은 것들만이
백지 위에 실황으로
녹음되고 있었다
백지 위에
백지가 한 장
또 한 장

수상후보작

권 박

무구와 무수 외

1983년 출생.
2012년 『문학사상』 등단.
시집 『이해할 차례이다』 『아름답습니까』.
〈김수영문학상〉 수상.

무구와 무수

유구悠久한 역사는 무수無數한 무구武具로 이어져왔다.
전쟁은 무구無垢한 사람에게 무구武具를 다루게 함으로,
죄 없는 사람에게 죄를 무구誣構를 지어왔다. 계속된다.

무사히 도피했다는 전언에 안심했다
아직 끝난 것이 아닌데도
모르는 사람인데도

모르는 사람이 모르는 사람에게 세운 날
나날에

유구한 역사에
몫으로의 나를
생각해보면서
한강을 걸었다

어여쁜 꿈같다

이를테면 크림
달달하다 사실
행군하듯 걷고
걸으면서 걷고

암호명 바그너

걷고 걷다가 폭파되었던 한강 인도교 부근에 이르러
안전과 안심은 소문에 불과하다는 것쯤은 알고 있다
코리아 말하면 노스 코리아 사우스 코리아 되물으니

폭파되었던 한강 인도교 부근에 멈추어 서서
그때의 지도자 같다
늙은 무당 무구巫嫗가 굿에 쓰일 무구巫具를 점검하는 것과 같다

지도자가 필요하다
그곳이나 이곳이나
필요하다 지도자가
무수撫綏 어루만져

편안하게 통치하는
지도자가 지도자가

정치에 관한 발언이다
아니다
벗어난
종교에 관한 발언이다
재구성된
신화에 관한 발언이다
그렇다

아직 끝나지 않은 전쟁에 관한 시다

한강을 걸으며
사소하게 걷고
걸으며 유구한
한강을 휴전의
끊어진 상징성

한강을 걸으며
자명한 시처럼
믿으며 걸으며
그곳의 당신이
무수한 무구가

무사히 도피했다는 전언에 안심했다

치마

짧게
짧게
짧게

예컨대 윤복희의 미니스커트처럼 억압을 통념을 벗어던지듯
짧게
쓰라고 한다면 쓸 수 있습니다
답답해
답답해서라도 짧게 쓸 것입니다

당신도 들었지요?
빨랫줄 아래 군인들
무력과 미신의 충돌
터메인이 걸려 있는 빨랫줄 아래에서 "심상치 않는 것이 있"는
듯 "확실히 무언가 있"는 듯 어떤 "힘" 앞에 "맴도는"1) 군인들
아래를 지나면 남성성을 잃는다나?

미얀마의 여자들이 치마로 바리케이드를 만든 것을 듣고
행주산성의 여자들이 치마에 돌을 날랐던 것이 생각났죠

아들을 낳기 위해 치마바위에서 기도를 올린 여자들도요

독실함
어떤 것에 독실해지는 걸까요
밤마다
어떤 것에 독실해지는 걸까요
긴긴밤

길게
길게
길게

예컨대 한 총사령관의 말을 빌리자면 문화에 반하는 외설적인
옷인 바지를 입은 여자들이 반독재 시위에 참여하듯
길게
쓸 수밖에 없었습니다
답답해
답답해도 길게 썼어요

당신이 들어본 적 있는지 모르겠는데요
「치마 노래」라고요
지역마다 전해지는데
충과 효와 사랑 그런 것을 담은 노래인데요
칠곡 외할머니는 치매 치매라고 불렀거든요
지금도 치마 하면 치매가 떠오르는데 어때요

치마든
치매든

치마를 치매처럼 지워버린 국가도 있는걸요
미니스커트 대신 히잡을 쓴 여자들
선택할 자유2)를 박탈당한 여자들
종교는 독재다
쓰려다 멈추고
1972년 카불 거리의 여자들을 보고 또 보다
2022년 검열된 성性에 역사에 역행에
독재는 독재다
쓰려다 멈추고

독실함
어떤 것에 독실해지는 걸까요
밤마다
어떤 것에 독실해지는 걸까요
긴긴밤

길게
길게
길게

짧게
짧게
짧게

어때요

짧든
길든

시는
시죠

1) 문정희, 「치마」, 『양귀비꽃 머리에 꽂고』, 민음사, 2004, 변주.
2) 밀턴 프리드먼, 『선택할 자유』, 민병균 옮김, 자유기업센터, 2011, 차용.

광장

스피커를 키우세요

스피커는 광장이고
시입니다 키우세요[1]

왈왈왈왈 키우세요
광장에서 광장으로
강아지들 강아지들
키우세요 왈왈왈왈

산책을 해야 합니다 광장은 필요합니다 무료로 머무를 수 있는
곳 이를테면 의자 같은 곳 딱딱하고 폭신하고 딱딱폭신한 위로를
주는 도둑맞은 행복을 찾은 것만 같은 곳에서 사람답게 공통적으
로 광장으로 다행으로

왈왈왈왈 이렇게나
알았어요 강아지들

광장에서 왈왈왈왈
스피커로 스피커를

깊게 마시고 내쉬고 걸어야 합니다 건강해야 합니다 안녕하십
니까 우르르 아이들 때때로 끊긴 줄 운동화 운동화 자갈 위의 맨
발 현실적인 헛걸음 많은 숨 가쁨 그래요 그렇게 사람답게 긍정
적으로 광장으로 햇빛으로

왈왈왈왈 강아지들
강아지들 왈왈왈왈
광장에서 스피커로
키우세요 키우세요

도서관도 필요합니다 게임은 없는 사람이 하는 겁니다 산책 같
은 책 책 같은 산책 책책 산책 대화를 나눠야만 합니다 시 같은
대화를 나눌 수도 있어야 합니다 그런 식으로 사람답게 균형적으
로 광장으로 바람으로

흐름

동서남북
질문
양두구육

1) 권박, 「광장」, 『아름답습니까』, 문학과지성사, 2021.

임대아파트

사람 위에 사람 없고 사람 아래 사람 없다?
문제인가 제도의 문제인가 윤리의 문제인가
시대의 문제인가 국가의 문제인가 어떠한가

북한에서 오셨어? 아니,

뭘 잘 모르는 것 같아서, 말투도 그렇고, 아─아, 거기 거기에서
왔다고? 아, 태어났다고, 여긴 새터민도 많고, 그래, 그래서 그랬지,

취약 계층 저소득층 뭐 국가유공자나 소년소녀가장이니 장애
인이니

많아, 다른 아파트보다 더, 임대가,

그래, 그래서, 관리비도 없지, 태양광도 설치되어 있지, 가까이
에 수영장이니 뭐니 할인도 해주지,

공원 가깝지, 지하철? 15분 걷는 건 걷는 것도 아니지, 버스 많
아, 버스 타, 소각장? 그러니까 이래저래 혜택주는 거지,

안전해,

학군, 소문난 건 알거고,

임장 왔다 했지? 투자? 거주 겸 투자?

저기, 그래, 그 아파트, 거기도 가봤지? 난리 났잖아, 작은 평수 리모델링하면 이상해진다고, 남는 거 없고, 재건축과는 다르니까,

여긴, 임대 많지, 영구임대 아니지, 30년 넘었지, 용적률 건폐율 따져 봐도 괜찮지, 그래서, 재건축 추진도 가능하다던데, 50층까지도 된다던데, 재건축이 오래 걸린다고 하더라만, 저기, 그래, 그 아파트, 말도 마, 그래도 여긴 금세 될 거라, 임대가 많아서, 좋다니까, 오히려,

나는 여 지을 때부터 살았는데, 좋다니까, 강남이잖아, 살만해, 그래, 둘러보고, 알아보고, 가 부동산? 저 상가에, 그래, 저기,

없다/있다

물이 필요합니다.
(오아시스 앞에서) 뭐라고요?
물이 필요합니다.
(키오스크 앞에서) 뭐라고요?
물이 필요합니다.
(키오스크 앞에서) 아름다운 풍경이군요.
....

(앞, 앞에서 서서) 뭐라고요?

예컨대 갈증과 갈등
물이 물의를 일으킴

흐름
미래

미래는 사라짐/사람
미래는

얽히고설키다 : 늙으면 죽는다는 사실과 늙어도 죽지 않는다는
신화의 인물과 늙어도 죽지 않을 수 있다는 전망과 늙으면 죽어야
지 멸시와 늙으면 죽어야지 포기와 늙으면 죽어야지 말이 내포하
는 바를 머리로는 이해해도 가슴으로 이해하지 못하는 기계가

은행 점포가 사라지고 있다더군요
무인점포로 대체되고 있다죠? 편의점도 프랜차이즈도
아세요? 현재 우리나라에서 실제 사람이 번호를 안내해주는
유일한 곳이 114라는 거
이용자가 대체로 노인이라죠 재난지원금 받으러 동사무소에
간 사람도 대체로 그렇고요

문제군요

뭐라고요?
엄마 나야 나 폰 액정 깨져서 A/S 맡겼어 통화 안 돼 부탁할 거
있어 이 번호로 문자 줘
뭐라고요?
통화 안 된다니까 구글기프트 카드 필요한데 엄마가 구해줘

뭐라고요?

편의점 가면 팔아 이십만 원권 다섯 장만 구매해줘 현금으로만
구매할 수 있어 믿을 사람이 엄마밖에 없어

뭐라고요?

내가 살 수 있는 상황이 안 돼 엄마 도와줘

뭐라고요?

본인 사용 외에 재판매 못 하게 하니까 물어보면 엄마가 쓴다
고 해 엄마 사고 문자 줘

뭐라고요?

엄마 사진 찍어 보내줘

엄마 빨리

엄마 뭐 해

엄마라고 하잖아요

뭐라고요?

엄마라고 하잖아요

뭐라고요?

엄마라고 하잖아요

뭐라고요?

....

뭐라고요?

전화금융사기에 특히 취약하다던데요
오늘은 밥맛이 없네요 그런데 어쩌다
파이프 단순 조립 경력, 학력은 무관
교육은 친절을 제공하는 거죠 그래요
이해할 때까지 복지를 제공하는 거죠
그러나 그럼에도 불구하고 뭐라고요?

문제네요

이런 식으로 생각할 수밖에 없어요
분간할 수 없음=밤=똥칠=노인=뒤로
뭐라고? 하길래요 뭐라고요? 했어요
분간할 수 없음=밤=어두운 귀=노인
노인=바다 밑=소용돌이=할 수 없음

아무것도

아무것도
아무것도

이런 식으로 생각할 수도 있어요
그런 식이면 아이도 청년도 없다
그런 식이면 자연밖에 없을걸요
(No No 노 젓듯 리듬은 있네요)
그런 식이면 당신도 결국 결국은

모든 것을 이미 겪고
모든 것을 겪지 않는

어렵군요

전망은
엘리엇의 『황무지』(1922)에 인용된 쿠마에의 무녀 늙은 채로
죽지 않는 제목대로 황무지
가속화 되는
미래는 있어 없고

현실감 없는 현실

아름답습니까[1]
의미 없습니다[2]

씁쓸합니까
쓸쓸합니다
적적寂寂합니까
적적상승嫡嫡相承입니다

시대가 작동됩니다
사람은 노인입니다
흐르므로 흐릅니다
지지가 필요합니다
지지 그 지지 말고

지지止持를 지지支持
돌아봄 돌봄
그림자 노동

어렵네요

평화 없는 고행

아무것도
아무것도
아무것도

없다 있다
안녕 안녕

1) 권박은 『아름답습니까』(문학과지성사, 2021)에서 다양한 방식으로 '아름답다'는
의미를 파악하고자 했다.
2) 권박은 「왜 안 만나줘」(같은 책)의 〔비대면 인터뷰〕를 통해 "그런 식의 질문은 의
미 없"다면서 "달라지는 것에 발 빠르게 대처"할 것을 강조한 바 있다. "AI 관계자들
은" "로봇은 인간을 멸종시킬 거"라고 예측하면서 "미래를 비관적으로" 보는데 이번
〔비대면 인터뷰〕에서는 그보다 인간이 인간을 멸종시키는 도화선이 될 수 있다는 문
제의식에서 「없다/있다」를 쓰게 되었다고 밝혔다. 로봇의 인간-되기, 인간의 로봇-
되기 이전에 인간의 인간-되기를 제시하고자 했다고. 『이해힐 차레이다』(2019, 민음
사), 『아름답습니까』에 이은 권박만의 대화법에 주목해보자.

포대기와 호미

따듯해요 마음껏 따뜻해서
포대기에 업혀 있지 않으면 마음껏 울었던가 봐요
엄마는 그때의 엄마는 산후우울증이란 게 뭔지도 몰랐던 그때
의 엄마는 아이 낳자마자 농사를 지었다던 늘 호미 쥐고 땅을 파
고 흙을 덮던 할머니가 생각나서
참았대요 마음껏 견뎠대요

아마존에서 포대기, 호미가 그렇게 팔린대
엄마 나는 싫어 그런 인생 왜 사는지 몰라
업힌 나는 지금도 그때처럼 업혀 있는 나는

엄마 나는 그래 말하면 엄마는 그래요
편리하고 실용적인 것만 생각하면 안 된다 그래 말해요

템플스테이에 와서 밥 한술 반찬 한 입 먹는데
차를 마시듯 걷다가 걷다가 걷듯이 참선하는데

엄마
나의 화두는 엄마―되기

엄마처럼 내려놓기
내려놓기 내려놓기

불편을 안정적으로 받아들일 수 있을까요
자주 아름답고 싶은 나는 될 수 있을까요

drapetomania

—Samuel A. Cartwright, 「Report on the Diseases and
    Physical Peculiarities of the Negro Race」, 1851

한국입니다, 믿음은 신화고 혹은, 광기고, 한 발자국 걸을 때마
다, 전지전능하신 십자가가, 종교처럼, 채찍질, 채찍질, 채찍질, 무
릎을 꿇리고, 복종을, 은혜를, 자비를, 달아나, 달아났어요, 달아났
단 말입니다, 실격입니다, 나는, 없는, 나는, 이유 없는, 나는, 아
래, 발아래, 가호 아래, 명목 아래, 뙤약볕 아래, 낭떠러지 아래, 나
는, 깨어남, 나는, 여자입니다, 시인입니다, 여자 시인 아니고요,
여자입니다, 시인입니다, 한국인입니다, 건강합니다, 잘 먹고, 농
장처럼, 잘 먹고, 잘 걷고, 매일, 매일매일, 한 시간씩 혹은, 두 시
간씩, 잘 웃고, 자다가, 꿈꾸고, 행복을 약속할 순 없지만 행복을
노력할 거라고, 꿈꾸고, 자다가, 자다가, 떠납니다, 도망치듯, 여행
을, 일상에서, 명분 없이, 이곳만 아니면 상관없는 듯, 열의로, 떠
납니다, 준비가 되어 있습니다, 늘, 그렇게, 살고 있습니다, 잘, 믿
습니다, 종교는 학문으로만, 배웁니다, 나는, 이상합니까, 어렵습
니다, Negro, 니그로 혹은, 흑인, 어떻게 번역해야 하는지요, 심사
숙고, 고려해볼 것, 와전될 것, 극성떨 것, 깔끔 떨 것, 염병 떨 것,
꼴값 떨 것, 떨 것, 바르르, 떨어질 것, 엄살떨 것, 궁상도 떨 것, 지
지리 떨 것, 그야말로 난리법석 떨 것, 다리 떨 듯 복 나갈 것, 지
능이 떨어지는 듯 재롱떨 것, 투쟁이 투정처럼 될 것, 어렵습니까,
이상합니다, LA폭동, 소환됨, 코로나19 이후 아시아계 폭행이 잇

따르고, 소환됨, 미국의 한 방송에서 새해에 만둣국 먹는다고 말해 비난받은 한국계 앵커, 소환됨, 탈출할 수 없는 편견, 소환될 예정, 약함, 더 약함, 더더 약함, 폭력은 왜 전가되는지요, 전가는 왜 역사적인지요, 원인 없는 분노, 투척, 의뭉, 투척, 오래, 오래오래, 투척, 고발할 수 없는 정신 상태, 위협, 더 위협, 더더 위협, 살 수 있을까요, 떨어질 것, 바르르, 떨 것, 치를 떨 것, 하얀 이로, 하얀 이로, 하얀 이로, 수다를 떨 것, 하얀 이로, 하얀 이로, 하얀 이로, 불안에 떨면서, 목소리를 떨면서, 악착을 떨면서, 떨 것, 수다를, 떨 것, 흰자위로, 흰자위로, 흰자위로, 떨 것, 잘못되었다는 느낌, 잘못하지는 않았다는 확신, 익숙합니다, 선입견입니다, 한 발자국 걸을 때마다, 때마다,

김승일

행복 외

1987년 경기 과천 출생.
2009년 『현대문학』 등단.
시집 『에듀케이션』 『여기까지 인용하세요』.

행복

지옥으로 가는 버스의 승객들은 얼마나 시간이 지났는지, 목적지가 어디인지, 얼마나 더 가야 하는지 알지 못한 채로, 여기가 지옥이라고 생각하며 낙담한 채 고개를 푹 숙이고 있다. 지옥으로 가는 버스는 비포장도로를 달리고 있다. 최원석은 버스의 맨 뒷좌석에 앉아 유리창에 머리를 기대고 있다. 버스는 계속 흔들리고, 최원석의 머리는 유리창에 자꾸 부딪힌다. 다와줘마는 지옥으로 가는 버스에서 태어났다. 다와줘마는 일곱 살이다. 지옥으로 가는 버스는 82년하고도 7개월을 더 달려서 지옥에 도착한다. 아무도 그 사실을 모른다. 엄마가 그러는데요. 이 뒤에 따라오는 버스가 있대요. 거기 내 친구들이 타고 있대요. 다와줘마는 원석의 옆자리에 와서 버스 뒷유리를 하염없이 바라본다. 보이는 것은 어둠뿐이지만 다와줘마는 뒤따라오는 버스를 찾으려고 매일 최원석의 옆자리로 온다. 원석과 다와줘마는 말이 통하지 않는다. 다와줘마는 버스를 불결한 화장실 같다고 생각한 적이 없다. 불결한 화장실에 가본 적이 없으니까. 둘 중에 누가 더 불쌍한지를 따지는 일에 무슨 의미가 있을까? 어떤 직업이나 존재에게는 누가 더 불쌍한지를 판단하는 일이 놀이거나 의무일 것이다. 놀고 싶거나 의무를 다하고 싶은 어떤 존재가 이 버스를 만들었는지도 모르겠다. 어떤 존재야, 그만 놀고 어서 잠자리에 들거라. 어떤 존재야, 뭐라도 된 것처럼 의무감에 사로잡혀서, 누가 누가 불쌍하나 쳐다보지 말고, 울거나 웃지 말고, 세수하고, 눈을 감고, 여기 누워라. 이불을 폭 덮어줄게. 잠깐만요. 최원석이 조금 행복해지고 있어요. 다와줘마가 뒤따라오는 친구들을 상상하며, 부끄럽게 미소 짓는 것을 보면서. 그렇구나. 어떤 존재야. 그렇구나…….

현실의 무게

　어제는 아내가 교주가 되면 어떻겠냐고 물었습니다. 그러면 부자가 돼서 함께 사는 고양이에게 뭐를 더 사주고, 자기도 회사를 때려치울 수 있을 거라고. 제 아내는 제게 뭘 해보라고 권유하는 일이 잘 없는 사람입니다. 농담으로도 뭘 해보라고 얘기를 잘 하지 않습니다. 그걸 하면 부자가 될 것 같다고. 자기가 하고 싶은 일에 대해서 떠들고. 간밤에 말한 것을 잊고, 아침에 출근하고 돌아와서 회사를 욕하고. 쉬어도 쉬어지지 않고. 뭘 먹으면 얹히고. 그러다 어제는 교주가 되면 어떻겠냐고 물었습니다. 저는 되기 싫다고 대답했습니다. 보통은 뭘 해보라고 하면 생각해보겠다고 하는데. 사기꾼은 되기 싫어서 바로 싫다고 했습니다. 함께 사는 고양이가 건강하게 장수하면 좋겠습니다. 회사 때문에 돌아버린 아내의 정신이 더 심각해져서, 고양이도 알아보지 못하고, 제가 가진 사랑스러움과 귀여움도 더는 포괄임금제 노동을 버티는 데 도움이 되지 못하고, 헛것을 보게 되거나, 큰 병이 생겨 단명하지 않았으면 좋겠습니다. 그리고 우리가 지금보다는 더 가난하지 않았으면 좋겠습니다. 아내가 죽어가고 있는데 옆에 앉아서, 또르르 눈물을 떨구면서, 미안해, 내가, 교주를…… 할걸……. 제가 진심으로 후회하는 모습을 떠올리고 있습니다. 잘 떠오르지 않는군요. 정말 미안해…… 사기꾼이 될 수 없었어. 그게 딱 나를 위한 일이란 건 알고 있었지만. 그런 말을 하지도 않을 거고. 한다고 해도 속으로 잠깐 할 것 같습니다. 교주는 되지 않을 것이고. 그리하여 나는 후회인지 농담인지 모를 미래의 어떤 순간을 상상하고 있습니다.

싫어하지 않는 마음

세계는 양팔저울입니다. 맞습니다. 비유입니다. 제가 비유를 싫어한다고 예전에 말씀을 드렸나요. 다시 말씀드리죠. 말도 싫지 않고, 인간도 싫지 않지만, 인간이 하는 말이 죄다 비유라는 점은 싫습니다. 양팔저울은 질량을 재는 저울입니다. 기쁨이나 슬픔의 질량을 비교하는 비유입니다. 당신의 기쁨도 비유이고, 슬픔도 비유이고. 나는 세계에 누워 그것들을 비교합니다. 세계는…… 양팔…… 저울입니다. 태양이…… 지구보다 무겁다고 합니다. 고양이가 체중계에 올라갔습니다. 고양이는 이 세계가 양팔저울이고, 자신이 올라간 체중계가 양팔저울 위의 체중계라는 사실을 모릅니다. 체중계는 무게를 재는 저울입니다. 태양에 놓인 체중계와 달에 놓인 체중계는 다르게 작동합니다. 하지만 양팔저울은. 세계의 어느 곳에서도. 똑같이 작동합니다. 무엇이 무엇이 똑같을까. 악마와 악마를 서로 다른 접시에. 천사와 개를 서로 다른 접시에. 올려놓았습니다. 이제 무엇이 더 무거운지 보러 가야 합니다. 접시 바깥으로 가기만 하면 됩니다. 접시, 바깥, 맞습니다. 비유입니다. 제가 예전에 말씀을 드렸나요. 다시 말씀드리죠. 태양에선 저울의 접시를 아무도 저울의 접시라고 부르지 않습니다. 태양은 너무 뜨거워서 인간이 살 수 없습니다. 태양에 가지 맙시다. 정말로 인간은 싫지 않아요.

다 안다는 느낌

뭐든 그만두면 조금이라도 미워하게 되는데요. 그게 싫어요.
그래서 담배를 못 끊어서 제가 곧 죽나 봅니다. 허허허. 이 늙고
병든 사람은 살고 싶다는 마음을 약간 그만두었다. 담배를 못 끊
은 이 사람은 사실 담배 피우는 것도 약간 그만두었다. 두려움도
약간은 그만두었다. 이번이 제 마지막 인터뷰가 되겠군요. 벌써
인터뷰도 약간 그만두었다. 그만두면 다 안다는 느낌이 들어요.
일도 사랑도 악기 연주도. 그렇게 다 안다는 느낌으로. 그거 예전
에 내가 했다가 그만두었는데. 그래 뭐. 열심히 해봐. 아직 그만두
지 않은 친구들에게 그런 말을 하지 않으려고 얼마나 많이 노력
했는지 몰라요. 다 안다는 느낌을 그만두고 싶었어요. 그 느낌을
조금이라도 미워하고 싶었어요. 약간은 그만두었어요. 곧 모든
것을 그만둘 이 사람은 무언가를 미워하는 일도 약간은 그만두었
다. 나는 무엇이든 약간은 그만둔 이 사람 생각을 그만두어야 한
다. 나는 항상 다른 사람들을 너무 부러워해서. 새벽에 소파에서,
다리 사이에서 고양이가 자고 있을 때에도. 담배를 못 끊은(약간
끊은) 그 늙고 병들고 죽은 사람을 생각한다. 좋겠다. 현명하다.
나름대로 충실한 삶이었을 것 같다. 슬프다. 누가 그러고 있으면
말해주고 싶다. 내가 딱 그랬는데. 내가 딱 그런 노인들을 부러워
하였는데. 약간은 그만두었다고. 나는 이제 나의 부러움이 조금

은 밉다고. 그렇게 훈수를 두고 싶다. 그러나 훈수를 두지 말아야
한다. 그렇게 뭐든 그만두게 된다.

대답

돌이나 버섯을 수집하는 사람들은 좋겠습니다. 무언가를 좋아할 수 있다니. 힙스터라고 하죠. 좋아하는 걸 집에 가져오는 사람들. 다 다르게 생겼나요. 그래서 좋나요. 사람들은 종종 좋아하는 이유를 구체적으로 설명하는 걸 좋아하지 않는 것 같아요. 알고 싶은데. 저는 살아 있는 돌들에게 둘러싸여 있습니다. 신생아실에 있어요. 신생아는 한 달 동안 마음이란 게 아예 없대요. 어떻게 보면 아직 인간이 아닌 거야. 돌이라고 여기면 돌이야. 당신이 저 대신 여기 있으면 어떨 것 같아요. 좋을 것 같다고요. 왜죠? 알고 싶어요. 이 돌들 중에 하나만 집에 가지고 갈 수 있어요. 그래도 꽤 좋겠다고요. 도대체 왜 좋겠다는 건지. 알고 싶어 하는 것이 제가 좋아하는 일이라고 할 수 있어요. 엄밀히 말하면. 그냥 습관이고. 강박이지만. 왜 좋죠? 왜죠? 멋있는 사람들에게 좋아하는 것을 왜 좋아하냐고 물어보고. 대답을 모아 책으로 만들어서 팔려고 했는데요. 멋있는 사람들이 설명하는 것을 좋아하지 않아서. 출판사가 망했어요. 대부분 두루뭉술 답했어요. 살아 있는 돌 같았죠. 사람들의 답변이요. 둘러싸여 있습니다. 나는 이제 대답에 둘러싸여 있습니다. 옛날에 사귀었던 사람이 돌을 좋아했는데. 그 사람이 이제 좀 싫고. 그래서 솔직히 돌이 싫어요. 그 사람이 생각나면 싫거든요. 아가들은 곧 돌이 아니게 되겠죠. 다행이죠.

곧 하나 집에 가지고 가야 되는데. 그 사람이 생각나면 왜 싫냐고
요. 왜 좋아했더라. 모르겠어서. 출판사가 그래서 망했거든요. 다
들 모르겠다고 해서.

부탁

　당황해주세요. 시간이 없어요. 좋은 방법을 고안할 시간이. 제
가요. 금방 죽을 수도 있고요. 나중에 죽을 수도 있는데요. 시간이
없다고 생각하니까 갑자기 시간이 너무 없는 거 있죠. 당신을 당
황시킬 시간이요. 제가요. 종종 당신이 누군지도 모르거든요. 쉽
게 당황하는 사람이거나, 제가 뭘 해도 참 철없는 장난꾸러기구
나. 나는 장난꾸러기가 참 싫다. 그렇게 저를 밀어낼 사람이겠죠.
노력하는 거 좋아하고요. 좋은 장난이 생각날 때까지 기다리는
거 좋아하고요. 누가 밀어내면. 애교를 부려서 닫힌 마음을 녹이
는 거 좋아하고요. 모두를 당황시킬 순 없죠. 포기하는 척하면서.
쓸쓸한 미소 지어서. 날 미워하는 사람에게 죄책감 비슷한 것을
주는 것도 좋아하고요. 요즘엔 무슨 일이 있었냐면요. 절대로 당
황하지 않는 사람을. 제가 하는 일이라면 뭐든 반대하고 보는 사
람을 상상했고요. 그 사람에게 진실을 알려줬어요. 그렇게 살면
안 된다고. 그러면 마음에 병을 얻을 거라고. 정신도 나빠질 것이
고. 몸도 아플 수 있다고. 내가 싫고 내가 문제면 나를 떠나세요.
만 리 밖으로 뛰어가세요. 제가 뛰어갈까요? 이제 제가 당신 곁에
없어요. 원래도 없었지만요. 당황하세요. 최면을 거세요. 나는 당
황한다. 무섭다. 나는 무섭다. 무서워서 살 수가 없다. 귀엽다. 가
슴이 올망졸망 뛴다. 당황한다. 나는 당황한다. 꼬리에 택배 스티

커가 붙은 고양이처럼. 웅덩이에서 물을 먹다가 사레가 들린 고라니처럼. 이제 정말 시간이 없어요. 당신이 당황하지 않으면. 전쟁이 일어나요. 전쟁이 길어지면. 어떻게 하려고 그래요. 전쟁이 당신을 당황시키지 않으면. 어떻게 하려고 그래요. 왜 나를 싫어해요. 당신을 당황시키려는 나를. 왜 내 부탁을 무시하나요. 당황해주세요. 시간이 없다고요. 당황해주세요. 시간이 없다고 생각하라고요. 내일은 시간이 많을 수도 있지만. 지금 당장은 내 부탁을 좀 들어달라고요. 내일 나를 싫어하고. 내일 무뚝뚝하게 굴고. 오늘은 당황해주세요. 명령이 아니에요. 부탁이에요.

안내근무자

안내근무자는 뭐든지 할 수 있을 것 같다. 알 것 같다. 사실이 아니지만. 사실을 좋아하기도 하고. 사실이 아닌 것을 좋아하기도 하고. 둘 다 좋아하기도 하고. 둘 다 싫어하기도 한다. 하나만 고르면 불행해진다. 안 그래도 불행한데 더 불행해진다. 불행해지기 위해서는 아닌데, 나는 매 순간 무언가를 고른다. 사실이 아닌 것을 자주 고른다. 안내근무자가 뭐든지 할 수 있을 것 같다는 생각을 많이 한다. 사실도 자주 고른다. 당연히 안내근무자는 뭐든지 할 수 있는 사람이 아니다. 중심부까지 가면 소원을 이루어주는 버려진 공간들, 잿빛의 이름 없는 도시들, 다섯 개의 방문구역이 있다. 구역들 입구에 안내근무자들이 있다. 어떻게 들어가고, 들어가면 어떻게 되는지 알려준다. 안내근무자들은 자신의 일을 사랑하지 않는다. 자신의 일을 사랑하는 사람이 세상에 있긴 있다는데. 어쨌든 안내근무자들은 자신의 일을 사랑하는 척 열심히 안내를 하고, 손님들은 그들이 안내를 사랑하지 않으면서 열심히 사랑하는 척을 하다가 가끔은 정말로 안내를 사랑하기도 한다는 것을 알아버렸다. 그 사실이 손님들의 마음에 쏙 들었나 보다. 그래서 손님들은 방문구역에 들어가기 위해서가 아니라 안내근무자들을 구경하러 방문구역 입구에 자주 방문하고 있다.

김 현

흑백 기계류 외

1980년 강원 철원 출생.
2009년『작가세계』등단.
시집『글로리홀』『입술을 열면』『호시절』『낮에 해변에서 혼자』
『다 먹을 때쯤 영원의 머리가 든 매운탕이 나온다』.
〈김준성문학상〉〈신동엽문학상〉 수상.

흑백 기계류

(지켜보면서)

잠이 들고
잠이 깨고

여름에서 가을로

버스가 지나가고
비 오고
풀벌레 소리
희망하다 죽음에 이르길

(벽을 치는 슬픔
인간이 만들어놓고
인간은 누리지 않는)

마스크를 껴도
눈에 보이는
세계의 어딘가가 아니라

내 몸 어딘가가 실시간으로 뚫리고 있다는
촉감
(붙어먹고 싶어)

외로움
고독 뭐 그런 게 아니라
죽음 뭐 그딴 식도 아니라
구멍이 커서
구멍을 구체적인 구멍으로 메꾸려는

(돌려줄까?
그렇게 묻지만
돌아버리겠지)

혼잣말의 촉수가
긴 사람을 보면
무서워 죽겠어
사람을 잃는 것이 아니라 사람을 잃어버리는 것

사람이 뭔데 물으면
(씨앗이지)
대답할 수도 없으면서
(울지 마, 울긴 왜 울어)
그래도 알 건 알면서
(사람이 사람을 죽인다)

어젯밤에
커튼 뒤에 가서 벽을 치며 울던 기계류
돌려주지 않으면

그런 인간의 슬픔

기계를 고스트라 부르고
고스트를 기계로 만드는 이야기에서
깨달은 바
사람의 형상을 하면 망한다

(벽을 문으로 삼는다

인간성이란 게 그래)

상상력엔 한계가 있으므로

기계류는 밤이면
커튼 뒤로 간다
창문이 있는

(지켜보면서
벽 치는
벽 치는
벽을 치는
밤 깊은 인간 소리)

그날 저녁 연옥은

어디든 가고 싶어서
가야지 하고 보면
남들 다 가는
금수강산

호박엿 장수가
8090 히트팝을 틀어놓고
(셀린 디옹의 「마이 하트 윌 고 온」 나옴)
가위 흔드는

산에는 늙은 멧돼지
(죽은 멧돼지 이미지 삽입)
멧돼지도 죽기 전에
아이고 스님
한 번 들어가서 날뛰는 절간
절간에는 스님 고기 먹는 어린 스님 그런 스님도 스님이랍시고
염불을 외고 그런 스님에게도 구원을 원하는
중생이여

그런 중생의
죽음이랄까 뭐 그런 비슷한 것이
휘청휘청 나부끼는 아침
(바람 소리 삽입) 휘파람 불며
둥둥 떠가는

잠시 가만히 지켜보시죠

(한편, 지금 이 순간 다방에는 나란히 앉아 김난도의 『트렌드 2022』를 읽고 있는 어린 연인. 필기까지 하면서. 웃으면서. "이 사람도 옛날 사람." "왜?" "요즘 사람들이라는 단어를 자꾸 쓰잖아.")

떠돌다가
해 뜨는 강가에 앉네
한때 요즘 사람이었던 이
가까이 있을 땐 한 번도 돌아보지 않더니
애련하게
멀리멀리 가서 돌아보는

강에는
입질하는 붕어
밤새 붕어 잡은 사람
뜬눈으로 사는 어려움은 다들 알 테고
너나 나나(어린 연인도)
알 턱이 없는 건 그렇게 없이
어렵게 살아도 나중엔 남는 건
염원뿐
굴이나 까라 야 이 십장생아
시베리아야 에라 이 쌍화차야
염원이 지나쳐서
속이 훤히 보이는 사람
(천국과 지옥 사이에 있으며
영혼들이 존재한다고 믿는 장소 삽입)
죽은 이를 긍휼하면서
염병 속병이 나서
붕어를 고아서 잡수신
중생의 적막강산

어디든 절간이다

스님, 배를 따고 싶은 놈들이 몇 있는데
잠시 가만히 지켜보시죠
달궈진 무쇠 솥뚜껑에 삼겹살을 올리며
(산 멧돼지와 거니는 중생 이미지 삽입)

고기 굽는 스님을 보면서
"트렌드 하네요."

거기 있었다

활화산

책을 펼치면 꼭
하나씩 나타난다

죽고 싶어

말하고 싶은 사람에게
말 거는 걸 즐기는 사람을 한 명 정도 안다면
그런대로 혼자 걸을 수 있지
해변에는 꼭 두 사람이 걸어간 흔적
한 사람이 한 사람을 어영부영 끌고 간 자국

늙어서 좋은 점
허물 묻는 일 따위 이제 부질없고
일생이 허물을 벗는 거니까
(증오는 타오르도록)
아름다움에 구원을 청하는 아니
구걸하는 여인을 다룬 영화를 보면서
여자의 일생은 쥐뿔도 모르니까
되뇌었다

어서 오세요, 밤의 침대로
(낭만적이라고 생각했는데,
남자여, 뒤통수를 처맞아야겠지?)
얼굴을 클로즈업하다가 얼굴을 바꿔버리는 장면이
어제의 거울 오늘의 얼굴 같아서
내일은 좀 걸을까
혼자 배 타고
갈매기의 구석에 가서
책을 읽었다 홀로 배고프기 싫어서
유혹했다 아름다움에 밑줄 긋지 않는
버림받아 좋은 점
일생 후회 없는 척
(하필 지금 흘러나오는 노래는「하우 딥 이즈 유어 러브」)
다행히 너도 나도
부고를 받고
절하고 운다
계절도 찍소리하지 않고 가는데
뭘 더 바라니 바라길
그런데도 한국 국적 유부녀 레즈비언 김규진 씨가 혼인신고 하

러 가서
　　이건 접수도 아니고 거부도 아니에요
　　참공무원과 대면하는 걸 보면서
　　지기 싫어서 웃었다
　　김규진 씨는 눈물을 닦고
　　차별받으면 좋은 점
　　칼 갈아
　　자기를 쑤셔 이긴다

　　무서워하지 마

　　책을 들고
　　혼자 걸으며 대화하던 사람은
　　배 타고 섬을 떠나며
　　말없이
　　풍속화가 그려진 작은 엽서에
　　(그 엽서는 죽은 사람의 것이고) 적는다

　이 화산섬에는 신생대의 분화구가 남아 있다

옛날에 본 지독한 사랑은
꼭 낮에 결정적이고
끌려가지 않고자

들끓는 사람이 마침내 외로운 사람으로
터져 죽는다

겁나
시원하게

간다

아주 간다
끌려서
끌고 가는 줄 알고
모르고 간다 아주 간다
개 끌고
개에 이끌려 설상가상
냅다 뜀 인생
본다 뒤에서 우하하 푸하하 웃으며 간다
점심 먹고 얼죽아 마시러
끌려서 끌고 가는 듯 보이지만
죽어가면서
제정신일 때마다
근황
차분한 준비
메리 크리스마스
해시태그를 붙여서
누구라도 괜찮다는 식으로
좋아요
다른 시라면

이쯤에서 꿈이 나올 텐데
다른 삶이라면
이쯤에서 개똥을 치우게 해줬을 텐데
부고
모월 모일
술 마시고 노래하고 춤추던
천둥벌거숭이 ○○씨
(시에 이름을 쓰니까 만나는 사람마다 웃으며 내 이름은 언제?
묻고. 그럼 살짝 묻어둡니다. 어느 날, 묻지도 따지지도 않고 겨울
무 뽑듯 거두려고. 깊게 묻으면 파헤쳐야 하니까. 사람 속을 가지
고 그러면 안 되니까. 그냥 갚아먹으려고.)
숙취 해소를 위해
오전 반차 써본 사람은 다 알지
오는 데 순서 있지만
가는 데 순서 없다
생각하고 침을 퉤퉤 뱉지 않으면
가보면
다 끌려갔다
영정은 다 애매한 얼굴

평소엔 확실히 울상이었는데
(자기야, 웃어야 웃는 얼굴이 되는 거야.)
한때 손을 잡고 다녔지
겨울 산 겨울 강
천하절경
로또부지
온 김에 보러 가자
대자연 뷰
같이 살자는 가짓부렁
믿는 발등 도끼 찍기
생이 별거니
코로나19 때문에
밥도 못 먹고 장례식장에서 나와
천변을 걸었다
마흔 살까지 살 수 있을까요
답하지 못해서
좋아요
누를까 말까
이런 태그에 목매는 사람은 어떤 사람

(마흔살까지, 마흔살까지살아야해, 마흔살까지만, 마흔살까지
만살자, 마흔살까지써야지)
크리스마스이브에
대궐 같은 옥탑에서 혼자 사는 중년 게이
우리 죽기 전까지 가까이
어울려 지내요
말을 받들었다
이 악물고
간다 아주 간다
개
죽음에
끌려 곧
곤두박질치겠지
아아 마시고 사무실에 들어가면서
똥 치우는 사람
개 얼굴에 (팀원) ○○씨 얼굴을
주인 얼굴에 (팀장) ○○씨 얼굴을 따 붙이고 싶네
크게 웃었다
한 번뿐인 인생

막 살자
막사막사 이런 건배사도 하는 마당에

느끼한 시를 쓰지 않기로 한
한 시인에 관하여

단숨에 쓰인 시의 수명이 길기도 하고
공들여 쓴 시가 한순간에 무너지며

과거의 시가 오늘에 와
미래의 시가 되고
시의 미래가 내일
자취를 감추며

편집 동인 선후배가
우연의 일치로
서로 상을 주거니 받거니 하였다는 소식은
뜻밖이라기보다는 관심 밖이고

전임이 되면 뭔가
개운하지 않아도
먹고살 걱정
(없을 땐 없어서 걱정도 없고)
배가 나오거나 가정 꾸릴 여보 생각
그런데도 운이 좋으면

치열하게 쓴다

야, 너두
할 수 있어
돈다발이 내 얘기인 적 있니?
(로또 역대 최다 당첨 번호 27, 20, 1, 40, 43, 37, 17)

현실 세계에선 막 못 사는 구찌를
가상 세계에선 막 사고
막 먹고 막 싸고 막 산다
나의 나 플렉스
어차피 다 막막하거든
희망은 그곳에만 있다

아무도 미래를 원하지 않지
(떡상이라면 몰라)
미래가 골칫거리인 사람
몇 없고
몇 없는데

몇몇은 치고받고 싸우고
몇은 죽고
몇은 잊히고
몇은 추억한다

잎이 좋고
꽃이 좋아
꽃철 되면 꽃놀이
단풍철이면 단풍놀이
눈꽃 보러 산에 간다
인생 뭐 있니
놀다 풀다 때 되면 간다

그걸 또 쓰고 앉았네, 저게

그렇지만 시의 노하우는
나타난다
뜻하지 않게

껌 파는 노인이 껌 팔고자 적은 문구
인생이 껌껌할 때 껌 씹으세요

시는 묻는다
어느 세월에

시는 답한다
허송세월

하지만 이런 기분 느끼는 사람(손!)

쉽게 쓴 시

시인이라면
(하고 운을 떼는 이가 옛날에는 많았다
지금도 술에 취하면 옛 시절 그리워 징징대다가
시를 쉽게 쓰지 말자며 웃는 이가
어렵게 쓴 시를 보면)
고비사막에는 꼭 한 번 다녀와야 한다고 해서
구글 지도를 열어
보았다
땅이네
별점은 3.9
리뷰는 1,222개
리뷰의 핵심어
죽음, 낙타, 별, 눈, 선인장
열, 맛, 능력, 관광가이드
고비사막에 다녀오면
누구나
죽음에 관하여 생각하고
낙타와 별과 눈과 선인장을 떠올리는군
믿거(믿고 거른다의 줄임말 요즘도 쓰니?)

시의 기준 삼고
뒤로 가기 버튼을 누르면
합정역 망원역 마포구청역
음식점 호텔 관광명소 대중교통 주차 약국 ATM
인간사
시인이라면
꼭 한 번 인간사에서 벗어나 땅을 보러 간다
꿈도 그중 하나
삶의 평수가 꿈의 평수라고 하는 사람도 있고
그런 사람
운정 신도시에 분양받아 산다
꿈꾸며
시 쓰며
그런 사람도 있다는 걸 알아서
가평역 인근 분양 정보를 찾아보는 사람이 쓰는 시에는
집사람이 나오고
집사람은 남에게 자기 아내를 겸손하게 이르는 말
아내는 결혼하여 남자와 짝을 이룬 여자
요즘은 남자와 짝을 이룬 남자

집사람도 많고
그런 집사람의 취미가 분양 지도 보기
시 위에 지도를 펼치고
사막, 선인장, 낙타, 별, 눈
점을 찍고
그 점을 가로 세로로 이으면
그게 시 된다
지금처럼
가야 할 곳을 앞에 두고
돌아간다
지도를 쉽게 보는 시인을 몇 보지 못했다

정말 먼 곳

스코틀랜드에 사는
으로 시작하는 신비로운 이야기

(하얀 커튼을 걷고)

까마귀의 이름은 밀드레드
인간의 이름은 앤

(달빛 유리창에 이마를 붙이고)

앤은 밀드레드를
밀드레드는 앤을,

(멀리
울면서)

동물이 동물로서

은혜 입고

은혜 갚으며 함께
살아남는
믿을 수 있는

(돌아오길 바랍니다)

눈보라를 헤치고
대파 한 단을 사 들고
팔짱 끼고 가는 희망찬 연인처럼

시는 언제나
먼 훗날

(마음이 희미해져서)

속삭임
귀 기울이면 사라지고
펼쳐지며

(점점 선명하게 보이지 않는
사람)

둘은 행복하게 살았습니다

송승언

불량목 외

1986년 강원 원주 출생.
2011년 『현대문학』 등단.
시집 『철과 오크』 『사랑과 교육』.

불량목

언덕을 올라가니 나무가 보였다. 반쯤 아름답고 반쯤 뒤틀린

어떻게 살아가는 것과 죽어가는 것을 한 몸으로 할 수 있는지
이상했지만
말하고 나니 이상할 것은 하나도 없었다.

부분적으로 죽어가는 시간이 다르거나
본래부터 기형일 뿐이었을지도.
분명 저주는 아니었다.
어쩌면 어느 한쪽이 다시 태어나고 있는 중인지도 몰랐다.

동행이 있었음에도 나는 잠시 말을 잃었고 나는 내가 왜 그러
는지 알고 있었다.

뒤틀린 나무에 기대어 언덕 아래를 보면 허허벌판이 펼쳐지다가
세대주 없는 건물들이 난립해 있었고

나무의 뒤는 완전히 썩어 있다.
속이 텅 빌 정도로 썩어들어간 그것을

치료할 수 없는 것은 물론이고 책임질 수조차 없는 것은 당연
하지만
그래도 손을 대지 않을 수는 없는 노릇이었고

서로 다른 방향으로 뻗은 가지들 보며 핏줄 따위 떠올리지 않
았다고 말하면 그것도 솔직하지는 않은 일이었다.

시체공산주의

허공중에 재분류 중입니다.
시체가 된 것들이
시체들이
시체였던 일부들이
공중에서 흩어지고 있습니다.
공중에서 쏟아지고 있습니다.

폭우에 젖은 채
나는 대합실을 향해 걸어가는 중입니다.
비좁은 대합실은
모두가 모르는 사람들이면서도
다들 곧 어딘가로 떠난다는 공통점만으로
매우 미약하나 분명한 소속감이 발생했다가 사라지는 곳입니다.
나는 대기열의 일부가 되어
어디론가 떠나기 직전까지만
영원히 떠나지 못하고 있는 이들을 염려합니다.
(그들은 대체로 더러운 꼴로 잠들어 있습니다.)

허공중에 재분류 중입니다.

시체가 될 것들이
편대를 이뤘다가
상승 하강을 반복하는 광경을
차창 너머로 바라보고 있습니다.
그리고 그 리듬감 있는 운동은
그 너머에 쌓인 시체산을 은폐하기에 부족하지 않습니다.
우리는 갈 때 모두 혼자라는 생각을 한 사람들 있었지요.
열차를 타면서 생각해보니 아닌 것 같습니다.
우리는 갈 때 모두 같이 가고
모두 같은 곳에 도착합니다.
그러니까 갈 때 우리는 모두 혼자 아닙니다.
그렇기에 대합실에서 느낀 그 소속감이 오류는 아닌 것입니다.

모두 같은 곳에 내리고
고개를 돌려 주변을 휘휘 바라보고는
어디로 가야 할지 알겠다는 듯이
뚜벅뚜벅 자연으로 걸어가는 사람들.
자연의 일부가 될 사람들.
시체산 앞에서 나는

행렬의 일부가 되어
노래를 들으며 걸어가는 한편 여전히
염려하는 마음이 드는 건 어쩔 수가 없습니다.
끝내 전체가 되지 못하고 남을 것들
대합실에서 톱밥 찾을 이들이
등산 가는 꿈을 꿀까 짠해지는 것입니다.

불량목 다음

도착한 가시나무 숲에는
우리가 노래로 먼저 떠나보낸 사람이
풍경을 뚫고 지나간 흔적이 있었다.
다름 아닌 피로
다름 아닌 얼굴로
그의 찢긴 살가죽을 입고
그의 흔적이 된 숲을 보며
그가 그를 버려두고 건너갔음을 알았다.

그래서 우리는 지난겨울을 떠올릴 수 있었다.
그것은 의식적이라기보다는 반사적인 일에 가까웠다.
각자 자랑하는 술을 한 병씩 들고
서로의 얼굴을 바라볼 수 있는 구도로 둘러앉아
돌아가며 이야기했던 날들, 그 이야기들 전부
이미 몇 번이고 들었거나, 또는 선조가 수없이 되풀이한 탓에
공동체에 무의식처럼 새겨진 것들이었지만
그 몇 구절로 된 이야기
변변찮은 말주변을 헤치고 들어가야 정수가 발견되는 이야기
또는 몇 마디로 된 노래

훗날 그 노래 들을 때마다 이 무리를 떠올릴 수 있게 만들었던
그런 하찮은 것들 나누며 우리는
웃다가 싸우다가 뱀처럼 뒤엉켜 함께 잠들곤 했다.

그런 방식으로 우리가
함께 얼마나 많은 시간선을 넘어왔는지
얼마나 서로의 소유이기를 거부한 채로
서로에게 전부였는지

그는 그의 마지막 날에는 물론, 그다음 날까지도 몰랐다.
우리도 잘 몰랐다.
그다음 날에도
그리고 그다음 날에도
우리가 계속 노래를 부르고 있었다는 걸 알기 전까지는
그리고 생에 남은 몇 번의 저주를 거친 후 비로소
우리가 다시 집단이 되리라는 것을.

(웃음)

웃을 것
앞서가는 사람이 넘어져 머리통이 깨져도
머리통의 안위를 염려하기에 앞서
웃을 것
앞서가던 사람이 피 흘리며 돌아봐도
개처럼 달려가며, 웃을 것
스쿠터「2」를 타고 달리다 자동차와 부딪혀 몸이 뜨더라도
날고 있다는 찰나의 기쁨
실현 불가능한 순간의 실현을 온몸으로 표현할 것
공중에서 몇 바퀴 돌던 회전력으로
사회 구성원으로서 자신의 위치를 재정립하고
병상의 편안함을 만끽하며
웃을 것
권태를 견디지 못한 누군가가 끔찍한 예능을 틀어버리기 전에
자존심 상하게도 그 끔찍한 것에 웃음을 흘리기 전에
웃을 것
웃음이 지나간 뒤 웃기 전보다 고독해지기 전에
감정선을 테러하는 망가진 기후로 인해
반역적인 슬픔이 찾아오기 전에

개처럼 헐떡이며, 웃을 것
입술에서 터져 나오는
숨이 마지막 남은 것이더라도
마지막 숨이 몸에서 빠져나간 뒤
새로운 것이 몸에 들어차리라는 기대감으로
일단 웃을 것
그 웃음을 감싸고 있는 손길의 저의가 무엇이든
웃음이 들려오는 가면 속 표정이 어떠하든
우리는 예기치 않게 우리와 다른 것이 되어 우리를 떠나기도
하고
또 돌아오기도 한다는 것
집단적 감염을 통해
우리에게로, 우리의 시설로
그때 너무 감격스럽더라도
눈물을 보이지는 말 것
행복은 의무이니까*

* "Happiness is madatory." Greg Costikyan, Dan Gelber, Eric Goldberg,
『Paranoia』.

웃을 것
전력으로 (박수)

저주 이미지

비 쏟아진다 우리들 속으로
접히지 않는 뼈처럼 선 천막을 뚫고
나는 그게 아직 태우지 못한 우리의 악의라는 것을 알지만
가만히 둔다 썩어가도록

우리의 멸시가 슬픔과 질환으로 바뀌어가는 와중에
수풀 속에는 뭔가가 비를 맞으며 굴러다니고 있다

수풀 속에서 단단한 뭔가가 굴러다니기에
그런 건 매번 가져야 할 것으로 생각됐기에

우리는 그것을 두 손 모아 들었다
천막 바깥으로 나와 영혼까지 적시며

그러나 결국 그래서는 안 된다는 걸, 이쯤의 우리는 알고 있었다

새로운 뼈 묶음

새 사람이 앉아 있다
새 사람이 벤치에 앉아 있다
어제 새 사람 아니었고
내일 새 사람 아니지만
오늘 새 사람인

사람이 벤치에 앉아 있다
사람답지 않은 얼굴을 감싸 쥐고
감싸 쥔 손에서 뻗어 나간 빛줄기 사이로
두 눈 가늘게 뜨고
세상 보고 있다
무언가 끊어진 것처럼
맥락 없이
모두 처음인 듯

새 사람이 보는 세상은
새 세상이다
어제 아니었고 내일도 아니지만
오늘은 새로운

세상이다

새 사람이 앉아 있다
벤치에 앉아 불을 보고 있다
건물을 태우며 성장하는 불을
모두 태워버린 뒤에도 여전히 타오르는 불을 보고 있다
태울 것이 남아 있다는 듯이
태울 것을 가지고 있는
새 사람이 있다
새 세상에
내일 더는 새롭지 않은 사람이
어제 더는 새로울 수 없었던
세상에

깃발 든 사람

　한 사람이 깃발 들고 걷는다. 인파 헤치고 인도로. 골목으로. 횡단보도로. 청사 앞으로. 천막 앞으로. 인조 들판으로. 거짓 숲으로. 언덕으로. 다시 인도로. 한 사람이 깃발 들고 걷는다.

　그는 신호 앞에서 멈춘다. 멈춘 그 뒤로 몇 명 따라붙는다. 외면으로나 내면으로나 분명히 이상한 사람들. 한 사람이 깃발 들고 걷는다. 도무지 이상한 사람들을 몰고서. 도로로. 허가되지 않은. 한 사람이 깃발 들고 걷는다.

안희연

굉장한 삶 외

1986년 경기 성남 출생.
2012년 『창작과비평』 등단.
시집 『너의 슬픔이 끼어들 때』 『밤이라고 부르는 것들 속에는』
『여름의 언덕에서 배운 것』.
〈신동엽문학상〉 수상.

굉장한 삶

계단을 허겁지겁 뛰어 내려왔는데
발목을 삐끗하지 않았다
오늘은 이런 것이 신기하다

불행이 어디 쉬운 줄 아니
버스는 제시간에 도착했지만
또 늦은 건 나다
하필 그때 크래커와 비스킷의 차이를 검색하느라

두 번의 여름을 흘려보냈다
사실은 비 오는 날만 골라 방류했다
다 들킬 거면서
정거장의 마음 같은 건 왜 궁금한지
지척과 기척은 서로의 존재를 알고 있을지

장작을 태우면 장작이 탄다는 사실이 신기해서
오래 불을 바라보던 저녁이 있다

그 불이 장작만 태웠더라면 좋았을걸

바람이 불을 돕지 않았더라면 좋았을걸
솥이 끓고
솥이 끓고

세상 모든 펄펄의 리듬 앞에서
나는 자꾸 버스를 놓치는 사람이 된다

신비로워, 딱따구리의 부리
쌀을 세는 단위가 하필 '톨'인 이유
잔물결이라는 말

솥 안에 무엇이 들었는지는 모른다
다만 신기를 신비로 바꿔 말하는 연습을 하며 솥을 지킨다
떠나지 않는 사람이 된다는 것
내겐 그것이 중요하다

밀물

작은 마을에 초대되었다.

우리는 각자 집으로 흩어져 채비를 한 뒤 다시 만나기로 했다.
오후 1시. 배롱나무 아래.

그런데 배롱나무가 언제부터 여기 있었더라? 약속 장소가 되
고 보니 배롱나무가 달리 보인다. 배롱나무는 늦여름에 꽃을 피
운다. 배롱나무의 꽃은 백일홍. 백일만 피는 꽃이어서 그런 이름
이 붙었다고도 하고 어느 우주비행사가 지구 밖에서 개화시킨 최
초의 꽃이라는 이야기도 있다.

배롱나무를 올려다보고 있었을 뿐인데

근사한 여행이었죠?
여독이 풀리지 않은 얼굴로 그가 묻는다.

우리가 다녀왔어요?
그는 싱거운 소리 다 듣겠다며
그나저나 우리 얼굴이 많이 탔네요. 들어간다는 건 그곳의 태

양으로 얼굴을 그을리는 일인가 봐요, 했다.

　땅거미가 지고 있었다.
　어둠에 먹혀들어 가는 배롱나무가 보였다.
　다이빙대에서 내려다보는 풍경이 이런 것일까.

　이것이 당신의 작음이군요.

　나는 협곡에 빠진 사람처럼 있다.

　작은 마을에 다녀온 사람은 자신의 커다람 때문에 울게 된다는
전설이 있다. 얼굴을 만졌는데 손이 갈라지는 일이 계속되었다.

변화하는 새의 형태

1
흰 장막 뒤에서 파닥이는 소리가 났을 때
그는 새를 떠올린 사람이다

2
그는 세상에서 가장 슬픈 단어는
새라는 생각을 지속해왔다

언젠가 그는 새의 탈을 뒤집어쓰고
공터를 뛰어다니는 사람을 보았고

우스꽝스러운 날개가 펄럭일 때마다
사람들이 깔깔거리던 장면을 떠올리고는 했다

그때 그는 고개를 숙이고 그곳을 빠르게 지나쳤다

3
그는 자주 발끝으로 서 있다

자신에게서 날개가 돋아난다면 등 뒤가 아닌
발끝일 거라 생각했다

피가 쏠리는 느낌이 좋았다
피의 몰두 피의 몰두 박자를 세며

하지만 오래 버티지는 못했다
새의 탈을 쓴 사람이 창밖에서 그를 들여다보고 있었기 때문이다

4
어리석군요, 당신
흰 장막 뒤에서 내가 흔든 건 깃발이었어요
파닥이는 모든 것이 새는 아니죠
그런 꿈이 찾아온 밤이면

그는 깃발에 새를 그려 넣는 방식으로 대항했다
이제부터 깃발과 새는 분리될 수 없습니다
피부가 된 소리는 벗길 수 없습니다

5
새는 매일 날아오고 매일 죽는다

공인 날엔 멀리 차고
비눗방울인 날엔 후후 분다

무릎에 냅킨을 펼쳐 새의 다리를 쉬게 하는 일로 식사 기도를
대신하고
주어진 접시는 깨끗이 비운다

6
그는 자주 신발을 돌려놓는다
출발하기 좋은 자세를 유지한다

오늘은 마중을 가야겠어요, 그의 말끝을 따라가면
　어김없이 파닥이는 소리가 들린다 피가 쏠리는 쪽으로 새들이
날아가고 있다

하나의 새를 공유하는 사람들

당신이 쓴 편지를 읽었습니다. 하루 중 대부분의 시간을 창가에서 보낸다고요. 창밖은 대체로 고요하지만—어느 늦은 저녁, 수풀로 날아간 새의 이름을 벼락같이 알아차린 순간이 있었다고요.

저는 백 년 뒤의 창가에 서서 당신을 바라보고 있습니다. 이곳까지 오는 길이 쉽지는 않았습니다. 처음엔 수풀이라는 말에 붙들렸고 그다음엔 벼락같다는 말. 그도 아니라면 알아차렸다는 말. 당신의 단어들은 깨진 유리 조각 같았습니다. 이어 붙이면 되살릴 수 있을 거라 생각했어요.

당신의 창가에 오니 알겠습니다. 밤과 수풀은 구분되지 않습니다. 당신과 새는 구분되지 않습니다.

제가 당신을 알아볼 수 있을까요? 창 하나를 열고 다시 창 하나를 열며 문장의 끝까지 걸어가도

내가 본 것이 새였다고 생각해요? 창 하나를 닫고 다시 창 하나를 닫는 당신이 있어 다시 백 년이 흐릅니다.

편지를 물고 온 나의 개는 테이블 아래서 졸고 있고요. 나의 늙은 개, 라고 고쳐 말하려다가 그만둡니다. 백 년은 우스운 시간이에요. 당신을 알아보기에는.

창가로 깃털 하나가 날아듭니다. 그 깃털 하나가 우리 앞에 또 수천의 새를 펼치겠지요.

망각은 산책한다

보내고 돌아온 사람의 곁에
망각은 있다

　　비가 다녀간 흔적이 있군요
　　흙이 마르려면 시간이 걸리겠어요

망각은 커튼을 걷고 찻물을 데운다
다 타기까지는 두 시간도 걸리지 않았어요
새하얀 식탁보를 바라보며
선 채로 허물어지는 사람 곁에

망각은 창을 열고 손짓한다
망각의 손짓 한 번에 노랑턱멧새가 날아온다

　　멧새는 텃새예요 텃새는
　　계절이 바뀌어도 떠나지 않고 머무는 새를 뜻해요

물은 쉽게 끓는점에 도달하고

산책할까요?

당신은 축복받은 새에게서
시끄러운 새,
닫히지 않는 불의 입구를 본다

한 마리의 몸을 가르고
두 마리 여덟 마리 수십 마리로 날아오르는 새들을

당신은 모든 것을 등 뒤로 보내려 하고

망각은 오르막길을 좋아한다
한 걸음 뒤에서 걸으면
당신의 쏟아지는 뒷모습
발자국까지 집어삼킬 수 있기 때문이다

　끓어요, 휘발되도록

뒤돌아보면 아무것도 없게

지워줄게요, 전부

잡아먹히며 평온한 하루가 간다

노래는 멀리멀리

나는 그것을 물가로 데려갔습니다
발을 헛디딘 척 물속에 흘리려고요
이끼로 뒤덮인 방,
밤길이 물속으로 이어지는 이유,
지겨웠거든요

놀랍게도
그것은 헤엄치는 법을 알았습니다

제 안에선 돌에 가까웠는데
물속에선 전구처럼 켜지고

물고기였던 시간을 기억이라도 해낸 것처럼
꼬리를 흔들며 안녕, 안녕

수신인이 물인 편지는 잉크로 써야 한다고
그래야 글자들이 올올이 풀려날 수 있다고

저녁의 심장을 움켜쥐고 있었습니다

힘을 풀자 핑그르르 도는 피, 노을입니다

버린 것은 나인데 왜
버려진 기분이 드는 것인지

그것은 노래를 닮아갑니다 음표처럼 보이기도 합니다

물속에서 자유롭다면
불 속에서도 자유로울 거라는 믿음이 있습니다

수신인이 불인 편지를 쓰기 위해
밤낮없이 장작을 모으는 이유입니다

물결의 시작

안녕, 내 가장 느린 마음
웅덩이가 되었군요
어떤 비를 만난 건가요
밤이 가혹했나요

바퀴 자국 선명합니다
거울로서도 적합하지 않고요
구름도 혀를 차며 지나가네요
그래도 한 아이 다가옵니다
뒤통수가 맑은 아이입니다

안녕, 호수
물을 일으키러 왔어
알약을 삼키듯
이 기억을 삼켜줄래

그가 내민 것

둘레를 따라 의자가 놓이고 있습니다

내 몸은 극장이 됩니다

왜 대문을 닫아걸었나요
빌려 간 책은 왜 돌려주지 않은 겁니까
무대를 휘젓고 다니는 사람들
마음의 밑바닥까지 가라앉고 나면

물안개 피어오르는
여느 아침

나는 여기 있습니다

짧은 이야기가 끝난 뒤
비로소 시작되는 긴 이야기로서

이영광

계산 외

1965년 경북 의성 출생.
1998년『문예중앙』등단.
시집『직선 위에서 떨다』『그늘과 사귀다』『아픈 천국』『나무는 간다』
『끝없는 사람』『깨끗하게 더러워지지 않는다』.
〈노작문학상〉〈미당문학상〉 등 수상.

계산

책을 보다가 엄마를 얼마로
잘못 읽었다
얼마세요?

엄마가 얼마인지
알 수 없었는데
책 속의 모든 얼마를 엄마로,
읽고 싶었는데

눈이 침침하고 뿌예져서
안 되었다
엄마세요? 불러도 희미한 잠결,
대답이 없을 것이다

아픈 엄마를 얼마로,
계산한 적이 있었다
얼마를 마른 엄마로 외롭게,
계산한 적도 있었다
밤 병동에서

엄마를 얼마를, 얼마인지 엄마인지
알아낸 적이
없었다
눈을 감고서,

답이 안 나오는 계산을
나는 열심히 하면,
엄마는 옛날처럼 머리를
쓰다듬어줄 것이다

엄마는 진짜 얼마세요?
매일 밤 나는 틀리고
틀려도,
엄마는 내 흰머리를
쓰다듬어줄 것이다

봄은

망하고 망하면서 봄은 간다
망하고 다 망해서
봄은 간다
얻어맞고 나뒹굴며 맨발로
쫓기어간다
부딪히며 고꾸라지며 신음하며
휩쓸려간다
움켜쥐고 물어뜯어도
꿈쩍 않는 눈보라 속으로,
가도 가도 끝없는
빙판 위로

부모 형제 친구를 다 잃고
대오와 참호와 깃발을,
전쟁과 평화를 잃어버리고
끝없이 패주하며
이편에서 저편으로,
처자식들 아득히 버리고
숨 거두며, 간다

살해되고 섬멸되며 어딘가로
봄은 간다
각자도생도
구사일생도
기사회생도 없이

기어갔다 굴러갔다 날려갔다
숨 거두고 난 뒤의
눈벌판으로
봄은,
봄으로 갔다
따스하고 간지러운
개구멍들로,
온 세상에 뚫린 저 세상으로
봄은 갔다
검은 신의 검은
인공호흡 속으로

봄은 죽고, 봄은 온다

먼 훗날처럼
먼 옛날처럼 온다
봄은 죽고
봄은 태어났다
죽은 봄은 살아간다
붉고 녹고 푸른 곳,
꽃 피고 지고 새 우는 곳,
어둡기만 한 빛 속으로
가도 가도 밝기만 한
어둠 속으로

허송 구름

쫓기기 싫었다
바쁘고
간섭받고,
만나고 떠들기
싫었다
관계와 소통과 유대는 이
싫음이,
교란되고 실패하는
사태였다 그럼에도
싫음은 쫓겼고
바쁘고 간섭받았고,
만나고 싶어 하고
떠들고 싶어 했다
관계와 소통과 유대를
즐겼다
공갈빵 같은
사회성 한평생
한평생 사회성
외롭기 싫고

힘들기 싫고
정신 차리기
싫어서였다
무사안일이었고
태연자약이었고
희희낙락이어서였다
빈틈없는
구멍이어서였다
끄덕거리며,
인생 낱낱에 관대했고
전부에 대해 단호했지만
넌 끝났어
실패야
중얼거렸지만,
그래도 나에겐
나의 세월을 어떤
시간으로 만들어주는
허송세월이
있으리라,

믿었다
세월은 쉽고
식음 전폐 같은
허송세월은 어렵다고
생각했다
생각되지 않았다
되지 않는
온몸에 힘이 하나도
없는 허송은,
너무 어려워서
살 것도
죽을 것도 같다고
두근거렸다
지금 내 머리 위의
새털구름은 막,
시속 삼백 미터에
도달했다
서대문 모래내 인근을
질주 중입니다

느리고 긴급한
허송세월을 두고,
아름답고 괴로우며
숨 막히는
허송세월을 잊고
너무도 바쁘고
너무도 게을렀지만
나의 세월은 지금,
시속 삼백 미터로
뛰고 있는
새털구름
새털구름
우리는 모두 고생하고
있습니다,
중얼거린다
후회 중이며
분열 중이며
미소 중이며
시속 삼백 미터로

시속 제로로 다시금
질주 중인
허송 구름이라고,
사는 쉬움을 놓치고
살지 않는
어려움 가까이,
고생은 무슨
고생입니까
난항 중인
출현 중인
허송 구름이라고
부드득,
이를 갈며

미워하는 마음을

언 강에 피워놓은 모닥불처럼
얼음 위에서
얼음을 물고 붙는 불처럼
젖으면서 타는
불처럼,
미워하는 마음
사람들이 떠난 석양이면,
모닥불 꺼진 자리는
검게 젖어 있다
똑같은 밤이 오고
젖은 불 다시 얼고
똑같은 아침이 오면,
얼어붙은 모닥불 곁에
다시 피는 모닥불처럼
얼음을 녹이면서
타는 불처럼
타면서 젖는 불처럼,
미워하는 마음

둥둥 물 위를 떠가는 얼음장들,
얼음장 밑을 흐르는 찬물을
반짝반짝 적시는 하늘의 불
미워하는 마음을
미워하지 않는 마음

중

쉰일곱 내가 아직
인간이 못 되니,
어머닌 여태 나를 낳는 중
내가 인간이라는 것이 될 철이
모자라서,
진통 중
어머닌 오래전에 할머니가 되었는데
임신 중
나도 노력 중
미니스톱 앞에서 소주 마시며 열심열심
애쓰는 중
파라솔과 함께
슈퍼 문과 함께
스마트폰과 함께 계속,
어머니 뱃속에서 노력 중
인간이라는 걸로 태어나려고
사실은 태어나지 않으려고,
버둥거리는 중
어머니도 나도,

인간이라는 게 뭔지
모르는 중
모르는 중
잘 낳고 계세요?
잘 태어나는 중이냐?
통화 중
입덧 같은 한국말이
끝났던 중
통화는 요양병원 일인승 캡슐에서
미니스톱 일인승 캡슐로,
끝나지 않는 중
어머니가 애쓰는 동안에는
나도 애써야 하는 중
통화는 먼 훗날로 먼 곳으로,
이어지는 중
나도 당신 임신 중
먼 훗날 먼 곳의 너머로는
낳지 않으려고
버둥거리는 중

잘,
태어나지 않고
계시지요?
내가 애쓰는 동안에는
어머니도 애써야 하는 중
더 애쓰지 않기는
없는 중
지금이, 지금이
없어야 하는 중

청송

병든 어머니 두고 청송 갔다
점곡 옥산 길안 사과밭들 지나 청송 갔다
끝없이 떨어져 내리는 사과 알들을
계속 놓치며, 푸르른 청송 갔다
주산지를 물으며 청송 갔다
주산지를 거닐며 빗속에 청송 갔다
동해를 향해 한밤중,
태백산맥 넘어 굽이굽이 청송 갔다
병든 어머니 찾아 푸르른 청송 갔다
청송 지나 계속 눈 비비며 청송 갔다

밀접 접촉자

영안실에 확진자가 발생해 격리된 상주 얘기를 어렴풋,
들었나?
상주는 문틈으로 친척이 넣어주는 밥과 자가 진단 키트를 받았
다고
조문이 안 됩니다, 문자와 카톡을 사방에 보내면서
도시락을 뜯어 먹고,
키트로 이틀 간 한 번, 또 한 번 감염 검사를 했던 것
같은데, 심야 빈소에 사람이 없다, 시신은?
시신이 없다, 사람은?
뿌연 복도를 몰래 걸어가 출입문 너머 불 꺼진 안치실을
밀접 접촉하듯 쳐다보았다는 것 같았는데,

꿈에서 깨어났다, 술병이 가득 찬 업소용 냉장고 아래
쓰러져 있었다 발인 날 아침이었고, 입관은 끝났으며
화장장엔 따라 들어갈 수 없다고, 누가 말했다
생시임이 분명한 저승 근처에서 그는 불구경하듯,
하지만 밀접 접촉하듯 화장장 연기를 눈에 담다가
따로 차를 타고,
따로 언 산비탈엘 가 먼발치서

따로 절하고,
따로 고향 집으로 굴러 내려와 늙은 약쟁이처럼
다시, 코를 찌르고 있었던 것 같은데,

―이제 그만 일어나 아침 먹어야지
―엄마, 냉수 좀 주세요
또, 꿈에서 깨어났다 소주병이 굴러다니는
삼십 년 전의 건넌방이었다

당신을 바로 지금 밀접 접촉한 자로서,
흐느끼는 자로서 저도
찰나에,
양성 반응을
확진 판정을

받고 싶어요
받고 싶지 않아요
받고 싶어요

도대체
어디에
안 계신 거예요

이영주

구름 깃털 베개 외

2000년 『문학동네』 등단.
시집 『108번째 사내』 『언니에게』
『차가운 사탕들』 『어떤 사랑도 기록하지 말기를』
『여름만 있는 계절에 네가 왔다』 『그 여자 이름이 나하고 같아』.

구름 깃털 베개

　부드러운 광기로 가득 차 있어. 깃털 같은 광기. 아버지는 한동안 베개를 만들었는데 하얀 솜이 아버지라고 생각하니 내 마음에 깃털이 돋았지. 아버지, 인공 구름을 끌고 온 자. 인공 구름으로 가득한 베개를 베고 잠이 든다는 것. 나는 가끔 공중에 떠 있는 관에서 잠들었고 깨지 않았는데, 아버지는 내 머리맡에 흩어진 구름 조각을 세탁기에 돌렸지. 실패한 조각은 표백을 해야 한다. 나는 세탁기 통에서 돌돌돌 깃털이 돌아가는 표백인. 아버지는 듬성듬성한 내 깃털 밑에서 죽음을 연습하지. 지난 일주일 동안 죽었다고 하지. 부드러운 광기가 베개 안에 스며들고. 나는 남은 깃털이 모두 빠졌지. 깃털은 역시 인공으로 만들어야 한다. 부드러운 소재로 광기를 꾸며야 한다. 나는 표백인. 깨끗하고 실패했지. 아버지가 공중에서 내민 인공 죽음⋯⋯

작업실

너는 괜찮을 것 같다. 슬픈 마음은 언제나 시가 될 준비가 되어 있으니까.

너는 괜찮을 것 같다. 광인은 시 안에서 혼자 아름다워지니까.

너는 괜찮을 것 같다. 외로움도 폭력의 일부가 될 수 있으니까.

너는 괜찮을 것 같다. 인간을 낳은 이후 스스로를 용서하기 시 작했으니까.

너는 괜찮을 것 같다. 인간이 아닌 자를 가르치고 있으니까.

너는 괜찮을 것 같다. 과거는 불태워져 신의 주머니 속에 들어 가 있으니까.

너는 괜찮을 것 같다. 실패한 인간의 삶은 없다고 너 없는 바깥 에서 말해주니까.

너는 괜찮을 것 같다. 절벽에 앉아 죽은 자의 영혼을 바라보고 있으니까.

　너는 괜찮을 것 같다. 절벽에서 떨어져서 파토스가 필요 없어
졌으니까.

　너는 괜찮을 것 같다. 척추가 부러져서 고통이 사라졌으니까.

　너는 괜찮을 것 같다. 바닥에 뭉개진 살점에서 우주의 무질서
로 나아가니까.

　너는 괜찮을 것 같다.

　너는 괜찮을 것 같다.

유령이 왔다

유령이다 유령이 왔다 유령이 머문다 유령이 스친다 유리 같은 유령이 스며든다 유리 안으로 유령이

할머니는 나보다 앞선 자 총을 만져봤니 총을 만지면 총으로 죽는다 할머니는 유리 안에서 웃는다 할머니는 산사람 구덩이를 파헤치고 총알을 숨긴 적도 있다 치마를 찢고 고쟁이를 펄럭이며 유리 밖을 넘나드는 재빠른 산사람 나보다 늘 앞선 자 살고 싶다 고 할머니는 총을 들었다 나는 북쪽에서 멜랑콜리하게 죽고 싶다 고 총을 들 때

유령이라는 이름이 투명하고 순정하죠 김유령 씨 지리산 끝자락에 묻어둔 탄피는 얼마나 깊은 금속일까요 나는 산을 싫어한다 산에는 온통 유리가 가득하고 어딜 가나 산사람이 있으니 구덩이는 불멸한다 어느 한밤 탄피 같은 비가 쏟아졌고 김유령 씨 김유령 씨 나도 모르게 부르고

무언가가 맞은편에서 보인다면, 바로 유령이 왔다 머문다 스친다 스며든다 유리 안 그리고 뒤에서 칼을 들고 있던 북쪽의 사냥꾼들 산가시내야 산가시내야 합창을 하고 할머니는 고쟁이를 찢

는다 총으로 죽어야지 앞선 자는 구덩이에서 걸어 나온다 날카로운 금속이 유리를 깨뜨린다

나는 북쪽에서 검은 담즙을 흘리며 총으로 죽고 싶다고 사냥꾼들에게 말한다 이미 오래전에 넌 죽었다 칼끝으로 내 몸을 쿡쿡 찌르며 텅 빈 하체를 주무르며 사냥꾼들이 김유령 씨 김유령 씨 합창을 하고 할머니는 아무 대사 없이 총을 갈긴다 칠십 년 전 앞선 자

마지막 대화

[s] 프리드리히 니체는 만성 중증 우울증 환자였다
[t] 그래도 그 정도 산 건 다행
[s] 초인사상을 만들었다
[t] 루 살로메는 브릴링턴테리어를 만지듯 그의 이마를 쓸어주다
[s] 어맛 개기름
[t] 개웃겨
[s] 니체는 초인사상을 만들었다—
[t] 외롭고 작았다
[s] 그는 자신의 작은 발로
[t] 동네를 천천히 걸으며
[t] 이 삶이 영원히 끝나지 않을 것이라고,
[s] 고통이 반복될 것이라고 생각했다
[t] 개웃겨
[s] 한 번씩 개웃기다고 생각하며
[t] 채찍으로 말을 때리는 마부
[s] 그런데 그는 어떻게 서른 넘게 살았던 걸까
[t] 우울증의 백과사전을 완성하기 위해
[t] 56세까지 살았다
[s] 그는 울지도 못했다

[s] 내가 이래서 자살을 못 하지

[t] 이런 개소리를 쓰는 재미

[s] 다행이네

[t] 시의 일부인데?

[s] 아하 웃기다

[t] 어른들은 미워한다

[s] 몰라 내가 어른이야

[t] 그는 한국의 닥터일 뿐이고

[s] 너 이래서 되겠어?

[t] 님은 그래서 되겠어요?

[s] 난 이제 골프나 치고 아우디 끌고 다닐 거예요

[t] 님아…… 내가 두고 간 게 있어요……

[s] 당신의 심장

[t] 이 지하실에 있어요……

[s] 독일제 장미칼

[t] 수전 손택의 희곡에는 이런 장면이 있지

[s] 자살을 허락해주세요 아버지

소각장

　앙드레 브르통은 초현실주의자의 왕이다. 왕이 현기증에 시달리는 밤을 지나 왕궁 뒤뜰에 죽어 있다. 뒤뜰은 폐허. 소각장. 오른팔이 타고 디아나는 잘 마른 장작을 계속 넣는다. 이런 게 몰락이라면 정말 쏘핫하군요. 나는 왕의 왼팔을 떼어 붉은 뒤뜰에 뿌린다. 개와 함께 자면 벼룩과 함께 깨어난다고 했지. 가렵고 개웃겨. 디아나의 불쏘시개는 영원히 꺼지지 않는다. 세계는 길 잃은 아이의 악몽밖에 없다고 내가 말했잖아. 그치만요 아이에게는 왕을 잘라내는 재미가 있어요, 디아나가 웃는다. 왕은 행복이라는 질병을 앓고 있을까요. 의학계는 개웃겨. 세계는 무질서일 뿐 세포 분열이 전부잖아요. 나는 악취로 가득 찬 소각장에 있다. 불길 속에서 흔들리는 나를 보고 있다. 왕도 커다란 몸의 대가를 치르겠지. 크기만큼 아프겠지. 행복은 나쁜 기억력 때문이니 나쁜 건 좋은 건가. 재의 분열이 펼쳐지는 왕의 뒤뜰에서 나는 흩어지고 있다. 디아나를 그리워한다. 꼭 무언가를 향해 전진해야만 세계의 일원인가요. 큰 것은 잘라내고요, 작고 약한 것이 얼마나 힘들게 버티고 있는지를 볼 뿐인데요. 훼손되지만 상처는 말하지 않아요. 우리는 화학반응의 집합일 뿐이고…… 왕의 친구 바셰는 자살했죠. 자살한 친구 옆에 자살한 친구, 그 옆에 또 자살한 친구. 뒤뜰은 불타오르고 있다. 왕의 몸통이 거센 불길을 만든다. 돼지 타는 냄새. 왕의 궁전은 아름다운 정육점. 나는 소리친다. 디아나! 거기서 나와! 훼손되는 것이 사랑은 아닌데…… 나의 몸을 관통하는 갈고리. 펄럭이는 세포. 시간은 무질서를 향해 나아간다. 개웃겨. 선생님, 뇌세포는 바뀌지 않는대요. 왕에게는 안의 질서 같은 건 없는데, 바깥을 엉망진창으로 만든대요. 벼룩도 불타면 가렵고 개웃겨. 소각장은 세계. 세계라는 말 좀 쓰지 마세요.

광인 마그네틱

내 영혼은 사육장에 놓여 찢기고 있다 그게 인생이야

잃어가는 것들의 무심한 나열

고통을 가진 동물에게
도덕적 지위를 부여한 것은 누구였을까
척추동물이 고통의 감각에 능하지
하지만 무척추동물
문어는 너무 많은 고통이 발처럼 매달려 있다

서로에게 잔혹할 준비가 되어 있지
문어를 데치고 기름장을 그릇에 덜고
사랑하면서 훼손하면서 연민하면서
먹을 때도 있다

동물은 찢길 준비로 빛이 나
우리를 이끄는 것은 자신 아닌 것에 대한 공포
자신이라는 공포
폭력의 역사

아름다운 폭력의 종류들 그게 인생이야

생명은 화학적 기울기를 통해
안쪽으로만 질서를 만든다는데
삶은 문어를 씹다가 네가 묻는다

밖에 있는 광인들은 어떻게 하나요
쓰레기여도 좋으니 나를 봐줘요

나는 눈이 점점 멀고
밤마다 죽은 동물을 끌어안고 있다

사람 아닌 것을 가르치지 말아라

보이지 않는 동물이 지나가면서 나의 똥을 짓밟는다

광인 마그네틱

멸망에 관한 영화를 매일 보는데 안에서도 밖에서도 울지 않습니다. 기다리고 있었을까요. 가장 사랑하는 세계를 불태워버리고 싶은 마음. 디스토피아 영화는 새드엔딩이 없습니다. 누군가는 살아남고 우리는 멸망할 기회가 없지요. 누군가는 살아남고 우리는 그것을 지켜봅니다. 왜 디스토피아인가.

나는 영화라는 지평에서 태어났습니다. 폐광의 갱도 안에서 기어 다닙니다. 대륙에는 총잡이들이 바글거리고 멈춘 지하철 내부에 총알받이들이 바글거립니다. 모든 지하 통로는 비슷합니다. 어딜 가든 기어 다니기에 좋지요. 아버지는 내가 영원히 기어 다니기를 원했습니다. 총알받이들 사이에서 엎드려라. 나에게는 아버지가 세 명이 있는데요. 한 명이 부족해서 그들은 왕도 주인도 아닙니다. 완벽한 아버지는 비틀스 네 명. 총잡이들. 대륙이라는 영화에는 멸망하지 않으려는 고통만이 가득합니다. 나는 무슨 낙으로 이것을 기록할까요. 영원히 박제된 현재를 사랑하는 우리가 이곳을 유토피아로 만듭니다.

나는 영화라는 지평에서 죽었습니다. 가장 명랑했던 순간입니다. 이제 더는 갈리지 않겠구나. 그것이 마지막 유언이었습니다. 혹시 몰라서 병가라고 기록했습니다. 나무 심는 날도 없어졌고요. 그만합시다, 나 새끼여. 이미 죽은 자가 생명에 관하여 무슨 말을 할까요. 삶은 잔인한데 길고 아이러니는 세련된 참혹입니다. 너무 많은 총알이 박혀 있습니다. 한때는 총잡이인 줄 알았습니다. 광인인 줄 알았습니다. 아버지는 내 무덤에 다육 식물을 심고서 말합니다. 나에게는 자식이 없었지. 내가 인간을 낳아서 멸망을 미뤘을 리가 없어. 조심스레 병가라고 쓰인 묘비명을 쓰다듬습니다. 광인은 이 세계에서 죽었단다. 전력을 다해 오해하는 백발의 그는 미래가 반짝입니다. 영화 말고 무엇이 있습니까. 서로 죽인다고 디스토피아입니까.

심사평

수상소감

시라는 손, 희망의 전염

나민애

올해는 '사람과 사람이 손을 잡아서는 안 된다'는 해였다. 우리의 손은 그저 도구일 뿐 온기를 나눌 수 없다고, 손과 손을 맞잡으면 나쁜 것이 전염될 거라는 해였다. 그러니까 혼자 쥐었다 펼 수밖에 없는 손을 바라보는 대신 예심의 시들을 만나게 된 것은 흥분되는 일이다. 시를 읽는 것은 누군가의 영혼을 만나 그의 두 손을 꼭 잡는 행위니까 말이다. 안녕하세요, 우리가 어떻게 안녕할 수 있을까요, 그동안 안녕 대신 무엇을 품어야 했나요. 시라는 손을 내밀어 이런 이야기를 들려주신 모든 시인에게 감사한 심정이다.

이영광 시인은 저승 같은 지구를 사랑하는 순례자다. 순례자는 소유를 혐오하고 생명을 귀애하며 가치를 숭상하는 법이다. 이영광은 지구에 돈 벌러 오지 않았고(수필집의 제목이다) 아까운 생명을 통곡할 줄 알며 비루한 인간의 가치를 높이 본다. 그래서 그의 시적 성취를 엿볼 때마다 미안하다. 같이 청소 당번인데 나는 도망가고 혼자 남아 청소하는 친구를 보는 기분이다. 엿 같은 세상의 불합리함을 이야기하는 그가 사실은 누구보다 더 열렬한 사랑을 퍼붓는 것을 알기 때문이다. 나도 사랑했어야 하는 세상을 내가 사랑하지 못한 사랑으로 사랑하는 그의 시는 무뚝뚝한 듯 지극히 인간적이다.

이영주의 시는 야윈 살과 뼈로 만들어진 얼음의 텐트를 나와서, 이제는 악몽 같은 디스토피아를 걷고 있다. 그의 시를 보면 영화 「매드 맥스」적인 폐허를 연상하게 된다. 세계는 황량한 소각장 같고 사람들은 그 안에 살기 위해 어딘가 조금 이상해져 있다. 광인이 범인이 되는 세계 지탱의 아이러니를 이영주 시인은 시적으로 감당하고자 한다. 그의 시세계는 더 절망적이고, 더 매워지고 있는데 의외로 이 외로움이 우리를 강렬하게 불러 세운다. 시인이 파악한 세계의 황량함이 공통 감각 위에 서 있다는 뜻으로 이해된다.

김현의 시는 현대인의 멀티태스킹적 일상 상황을 시의 기법으로 승화시켰다는 점에서 새롭다. 현실에서 여러 개의 인터넷 창은 서로의 정보를 인터셉트하고, 우리의 인식을 인터셉트한다. 동시다발적으로 조각난 인식은 부정할 수 없는 현실이다. 김현 시인은 생각이란 하나로 일관되어야 하고 시는 그 일관성을 따라야 한다는 관념에서 벗어나, 이것과 저것이 몽타주적으로 쌓여 하나로 이어지는 결과물을 보여준다. 편편의 단상은 조각난 것처럼 보이고 조각났기 때문에 부유하는 것처럼 보이지만 사실 이 시인은 현실에 단단히 뿌리내리고 있다. 먼 곳에서 시작되었거나 불일치하는 웅성거림이 지금 여기의 상황을 증명하는 과정은 경이롭고 놀라울 뿐이다.

권박의 시는 여전히 과감하고 힘이 있다. 그의 시에는 단단한 중심이 존재해서 세상과 문명과 편견이 뭐라고 하든 배운 대로 보지 않겠다는 의지가 느껴진다. 그래서 그의 시를 읽다가 아름답다거나 예쁘다는 단어가 등장하면 저절로 긴장하게 된다. 왜냐하면 그는 타협하듯 건네는 칭찬의 비겁함을 비판하고 맨몸을 드러내는 솔직함을 사랑하기 때문이다. 권박의 시는 현대 문명사회를 배경으로 하고 있지만 그 속에는 타고난 본연의 모습 그대로 잔인한 문명의 폭우를 견디겠다는 야성적 힘이 내포되어 있다. 집단에 함몰되지 않고 나를 나로 확인하는 과정은 어느 시대에서든 늘 시의 몫이었다는 점에서 권박의 시는 반갑다.

황유원의 시는 몽상적인 듯 현실적이고, 감각적인 듯 지적이며, 섬세한 듯 강렬하다. 이 모순적인 합주를 동시에 해내고 있다는 점에서 그의 성취를 고평할 수 있다. 문자로 된 시에서 때론 노래를 느낄 수 있어, 김종삼 시인이 살아 계셨다면 그의 시를 아꼈을 거라는 생각도 든다. 허밍과 언어와 이미지가 공존하는 시, 한 편 한 편 투명하면서도 무게 있는 황유원 시의 수상에 동의와 긍정의 찬사를 보낸다.

한때는 세계에 대한 사람의 대응이 힘겨운 헐떡임으로 일원화될까 봐 두렵기도 했다. 그런데 예심의 꽉 찬 시편들은 절대 그럴 리 없다는 사실을 확인시켜주었다. 덕분에 읽는 내내 안도할 수 있었다. 오늘의 시는 오늘의 존재가 사랑하고 불편해하는 이 세계와 어떻게 관계 맺고 있는지를 다양하게 보여준다. 우리는 여전히 살아 있고, 여전히 느끼고, 여전히 변화해간다. 이것을 개성적이며 감각적인 온톨로지라고 부를 수 있다면 시도 나도 몹시 기쁘겠다. ■

언어의 삽질

이근화

평균적 삶이란 것을 구상하기 어려운 시대에 무얼 해도 시 쓰는 것 보다는 괜찮을 것 같은데 시를 열심히 쓰는 동료들이 이렇게 많다니 놀라운 일이다. 시인들의 작업은 얼마간 비슷해 보이는 일상을 날마다 조금씩 다르게 풀어놓는 일에 가깝다. 이러한 일에 몰두해 있는 것은 어찌 보면 무용해 보인다. 그런데 그 과정에서 솟아오르는 미세한 차이 가, 그 다름이 우리를 비로소 숨 쉬게 하므로 이상한 시는 없다. 더 잘 쓴 시가 있거나 잘 못 쓴 시가 있다고 생각하지 않는다. 어떤 언어들 속 에서 우리가 공감하고 공명했다는 것.

김승일의 산문시는 시의 경계로 자꾸 달아나려 한다. 누구도 개의치 않고 충실하게 자기를 짓는 일은 위험하기도 하고 다른 한편으로 놀랍기 도 하다. 아슬아슬한 줄타기로서 그의 기록을 끝까지 읽는 일은 시가 어 디까지인가를 묻게 하고, 또 대답하기를 주저하게 만들어서 기분이 좋 다. 시는 아무것도 아니어도 괜찮고, 무엇이 되지 않아도 좋을 것이다.

송승언의 작품은 특별한 사건이 그 안에 있는 것도 아닌데 이상하고

낯설게 읽힌다. 무심한 듯 보이는 시적 언술에는 섣부르게 규정하지 않으려고 저항하는 사람이 숨어 있다. 가만히 들여다보면 서서히 알게 되는 것들이 있다. 언덕 위 불량목처럼 "살아가는 것과 죽어가는 것을 한 몸으로" 할 수 있다는 것. 어둡고 음울한 세상에 쉽게 휩쓸리지 않고 단단한 감정들을 부여잡고 있는 것이 이 시인의 강점이다.

안희연의 시는 "세상 모든 펄펄의 리듬 앞에서" 우리가 자주 멈칫거리며 두리번거려야 한다는 것을 알게 한다. 풍경이 달리 보이도록 하는 언어의 마술에 기꺼이 걸려들고자 애쓰는 자에게 시는 자애롭게 열린다. "자꾸 버스를 놓치는 사람"으로서 "협곡에 빠진 사람처럼" 시인은 잘 안 보이는 것을 보이게 하고 숨어 있는 차이를 가늠하게 만든다. 사라진 것, 소멸한 것에 대한 애도를 포함하여 난 이것이 안희연의 진심이라고 생각한다.

황유원은 삶이 무의미하다는 것을 알지만 허무나 고독을 논하는 데 관심이 없다. 피로와 우울의 편에 서지도 않는다. 그것보다는 무연히 때가 오기를 기다리는 자세를 취한다. 삶에 죽음을 조금씩 섞는 놀이를 한다고 해야 할까. 그는 생각과 상상 속에 나타났다 사라지는 것들을 부지런히 이편에 옮겨 적는다. 그의 말이 종소리처럼 귀에 깊이 울린다. 축하의 마음을 보낸다.

무작정 땅을 파는 일처럼 시를 쓴다는 것은 무용하다. 그 무용함이 시적 즐거움의 다른 면이니 세련되게 잘 파는 사람보다 몰두하여 깊이 파는 사람이 반갑다. 깊이 파려면 넓게 파야 한다. 삽질의 언어. 대개는 무너지고, 쏟아지고, 실패한다. 그러라고 하는 짓이지 않을까. 그런 무용한 언어들에서 희한하게도 묘한 힘이 샘솟는다. 목마름이 전부 해결될 정도는 아니다. 아주 잠깐 목을 적실 만큼이어도 기쁘다. 그렇게 반

가운 상이 누군가에게 주어졌다면 다행스러운 일. ∎

시를 시이게 하는 힘과 자유를 향한 모험

김기택

　이번 〈현대문학상〉 후보작들을 읽어본 첫 느낌은 시에 서사가 두드
러지게 많아졌다는 것이다. 시가 갈수록 산문화되고 길어지는 경향은
이미 익숙해졌고, 서사가 늘어나는 경향도 새로운 현상이라고 할 수는
없지만, 소설적 글쓰기에 가까울 정도로 서사가 많이 늘어난 것은 다소
새삼스러워 보였다. 이 서사는 함축과 암시가 풍부하여 독자의 자발적
인 참여와 상상을 요구하고 독자가 스스로 제 이야기를 하면서 시를
완성하도록 요구한다는 점에서 소설과는 많이 다르다. 시의 문장이나
형식은 혼란스러워 보이지만, 이야기를 끌고 가는 시적 방법론은 오히
려 정교해지고 있다는 생각이다. 이런 경향은, 최근의 시가 비시적인
방향으로 가려는 힘이 지속되고 있다는 것, 시를 어떤 것이라고 정의하
고 고정하려는 힘에 대한 반발력과 시라고 여겨져왔던 것으로부터 자
유로워지려는 원심력이 크다는 것 등을 생각하게 한다. 여러 후보작의
왕성한 에너지와 두려움을 모르는 듯한 모험은, 좋은 시란 이런 것이라
고 미리 선을 그어놓고 그 선 안으로 들어오는 시들을 선별하려는 생

각으로는 심사에 임할 엄두를 못 내게 한다. 이것은 한편으로는 심사를 곤혹스럽게 하는 것이지만, 다른 한편으로는 시에 대한 관습적인 사고를 통쾌하게 깨주는 즐거움이기도 하다.

뛰어난 후보작들이 많은 데다 수월성의 잣대라는 것이 주관적인 것이어서, 오랜 숙고와 토의가 이어졌으나, 다행스럽게도 두 심사위원은 황유원의 시를 수상작으로 결정하는 데 의견을 모을 수 있었다. 수상작 선정 이유는, 앞에서 언급한 최근 시의 경향에서 조금은 비껴 있는 듯하면서도 관습에 매이지 않는 형식이나 상상력은 자유롭고 활달하다는 점, 그리고 오랜 세월에 걸쳐 시를 시이게 한 힘의 정수를 이어받으면서도 시를 관습에 매어두지 않고 새로운 모험으로 나아가려는 자유의 힘을 절묘하게 결합하고 있다는 점에 주목했기 때문이다. 또한 수상작은 다양한 개성과 경향이 부딪치고 얽혀 있는 시의 생태계에서, 우리 시가 나아가야 할 또 하나의 방향을 가늠해볼 수 있게 한다.

황유원의 시는 쉽고 평이해 보이지만, 독자를 끌어당기는 매혹적인 힘의 정체가 무엇인지 설명하려면 난감해진다. 다층적이고 심원한 세계를 이렇게 쉬운 문장으로 나타낼 수 있다는 것이 놀랍다. 이번 수상작은 의미로 구축한 관념적인 세계가 아니라 하나의 시야로 다 담아낼 수 없는 거대한 운동을 체험하게 한다. 예컨대 「하얀 사슴 연못」에서 '백록'이라는 말이 품고 있는 이미지는 "동물이 아니라 / 기운에 가깝고 / 뛰어다니기보다는 바람을 타고 퍼지는 것에 가까워", 그 말을 발음하는 순간 시집 표지 밖으로 뛰쳐나가기도 하고 다시 들어오기도 하고 화자의 가슴에서 마실 물을 마시거나 머리를 백록담 찬바람으로 청량하게 헹구기도 한다. 요컨대 그것은 하나의 활자인 이미지가 우주적인 시공간을 담을 만큼 확장되었다가 다시 화자의 몸으로 수축하는 거

대한 신축성의 운동이라고 할 수 있다. 일즉다 다즉일—卽多 多卽一—의 사상을 이미지의 운동으로 구현한 것 같기도 하다. 이 운동이 정지용이나 에릭 사티, 에어 서플라이 등의 예술가들과 시간과 공간의 제약을 넘어 흰 사슴이나 흰 음식, 맑은 하늘과 공기를 무진장 품은 팝 음악 같은 구체적인 대상에서 무류無謬한 세계를 교감할 수 있게 하는 원동력일 것이다. 이번 수상작에서는 '하얀 사슴 연못' '눈사람' '하얀 음식' 등과 같은 흰색 이미지가 특히 눈에 띈다. 이 흰색에는 세상의 그 어떤 것에도 오염되지 않는 세계, 갓 태어난 자연 상태의 순수한 에너지를 품고 있는 세계, "아무것도 남기지 않고 죽는다는 / 생각"이나 사람이 가는 천국이 아니라 "눈과 사람의 합산"인 눈사람이 가는 천국, 그 "영영 무구"한 순수와 무위에 대한 지향성이 보인다.

제68회를 맞은 〈현대문학상〉이 또 하나의 빼어난 시인의 이름을 더할 수 있게 된 것을 기쁘게 생각한다. ■

「하얀 사슴 연못」의 향기를 함께 호흡할 수 있기를

이기성

현실의 참혹함이 할 말을 잊게 하는 시대에 시는 무엇을 할 수 있을까? 해묵은 질문을 또다시 던지게 되는 요즘이다. 시는 현실의 음화라고 한 선배 시인의 말을 떠올리며, 현실 위에 언어라는 투명한 유리를 한 장 얹고 거기 비치는 풍경을 읽어보려 애쓴다. 눈을 비비며 볼수록 절망과 고통의 무늬가 도드라지니, 이 시대의 시인들이 깊은 절망을 가슴에 품고 뜨거운 노래를 부르고 있음을 알겠다.

이영광 시인의 작품들이 보여주는 세계는 늘 경탄스럽다. 언어를 통해서 삶의 맨살을 드러내고, 현실의 상처를 어루만지는 언어의 넉넉함은 심사자의 안목을 뛰어넘는 것이었다. 안희연 시인의 시에서는 행간마다 시인의 고뇌와 망설임이 느껴진다. 모든 것이 급박하게 내달리는 현실 속에서, 한 발 한 발 신중하게 내딛는 시인의 성찰적 태도가 귀하게 여겨진다. 모두 놓치기 아깝고 더 많은 독자들과 공유하고 싶은 작품들이었다.

오랜 시간 고민한 끝에 심사자들은 황유원 시인의 「하얀 사슴 연못」

을 수상작으로 결정하였다. 소요하는 현실과 날뛰는 언어의 혼탁함 속에서 자신만의 언어를 갈고닦는다는 말이 무색해지는 요즘이다. 황유원의 시에는 오롯이 자신의 내면에서 갈고닦은 언어와 서정이 숨 쉬고 있다. 내면으로 응집하는 언어와 이를 확장하는 상상력의 힘이 균형을 이룬 시편들의 기저에는 맑고 투명한 '시혼'이 자리하고 있다. 그것은 일찍이 지용의 「백록담」이 우리에게 보여준, 이제는 잊힌 시적 진경의 아련한 향기이기도 하고, 텅 빈 시집 표지에 남은 보이지 않는 사슴의 흔적 같기도 하다. 황유원은 이 사라진 '시혼'을 불러내어, 연못에 뿔을 담그고 목을 축이는 사슴 몇 마리를 우리에게 선사한다. 그의 시를 읽으며 '머릿속이 청량해지는' 순간, 우리는 '놀랍게도' 각자의 내면에 한 모금의 마실 물처럼 '시'가 존재한다는 사실을 깨닫게 될 것이다. 이번 수상으로 젊은 시인이 되살려낸 '백록담'의 향기와 품격을 독자들과 함께 호흡할 수 있기를 바란다.

권박 시인의 작품들이 보여준, 냉소와 풍자가 들끓는 열정의 언어들도 관심을 가지고 읽었다. 광장이 '개 짖는 소리'로 가득할 때 시의 언어는 어디로 가야 할까를 함께 고민하게 하는 시들이었다. 김승일, 김현, 송승언, 이영주 시인의 날카로운 언어적 응전도 잊을 수 없을 것이다.

최종심에 올라온 작품들이 모두 개성적이고 뛰어난 작품들이라 비루한 저의 안목으로 수상작을 결정하는 일은 쉽지 않았습니다. 광폭한 언어의 시대에 '놀랍게도' 이런 시와 시인들이 있다는 사실이 위안과 희망을 주는 것 같습니다. 모쪼록 우리 시인들의 고뇌에 찬 시 쓰기가 이 창백한 시대를 넘어서는 '청량한' 숨결이 되기를 바랍니다. ■

존경과 우정을 담아

황유원

대학 때 들은 문학 수업은 대부분 영문학 수업이었습니다. 단순한 치기에 국문학보다는 유서 깊은 영문학이 더 끌렸던 걸까요. 제가 읽은 한국의 옛 선배 시인들의 시라고는 교과서에서 본 게 전부였습니다. 아무에게도 말한 적 없지만, 저는 이 사실을 두고두고 부끄럽게 여겼어요. 어쨌든 고등학생 때 처음 시를 쓰게 한 것은 이육사의 「광야」나 박두진의 「해」 같은 한국시들이었으니까요. 그래서 그 후로, 뒤늦은 고해성사라도 하듯, 틈날 때마다 옛 선배 시인들의 시를 찾아 읽어왔습니다. 채 백 년도 되지 않았지만 한국어가 짧은 시간에 너무 많은 변화를 겪어왔기에 백 년을 훌쩍 넘긴 것처럼 느껴지는 그들의 시를.

그중 제 마음속에 고여 마르지 않는 물이 된 시집은 뜻밖에도 정지용의 『백록담』이었습니다. 오직 장시만이 영감과 자질의 증명이라 믿으며 될 수 있는 한 길게 써야 한다는 저의 평소 지론에 대한 완벽한 반론이기 때문이었을까요, 아니면 유년기에 체험한 자연의 신비로움과 한기를 이가 시릴 만큼 청량하게 상기시켜주었기 때문이었을까요.

어떤 이유에서건 『백록담』은 들어가서 나오고 싶지 않은 시적 세계의 한 극치였습니다. 말 몇 마디를 쌓아 마음을 진동시킨다는 점에서 그 어떤 시집보다 새로운 시집이었습니다.

순전히 지용의 『백록담』 때문에 처음으로 한라산 등정을 계획하고 제주도에 갔던 작년 여름의 어느 날을 기억합니다(네, 저는 그를 '정지용 선생'이 아닌 '지용'이라고 부릅니다. 81년이라는 세월을 사이에 두고 저와 똑같이 월트 휘트먼의 시 「Tears」를 번역하기도 한 지용은 저에게 그만큼 친근한 존재입니다). 제주도에 가기 얼마 전부터 저절로 시작되어 끝을 향해 달려가던 「하얀 사슴 연못」은, 제주도에 도착한 첫날 오전에 어느 동굴에서 이미 완성이 되어버렸습니다. 동굴에 감돌던 귀기와 곳곳에 고인 물의 한기가 시의 마무리를 도와주었던 것일까요.

다음 날 약간 김이 샌 기분으로, 게다가 어쩌다 보니 백록담까지 갈 수도 없는 영실 코스로 한라산을 오르기 시작했는데, 천천히 한두 시간쯤 오르니 눈앞에 펼쳐진 고산 평원에서 그만 넋이 나갈 뻔했어요. 세상에 이런 곳이 있다니? 『백록담』의 표지 앞뒤에 그려진 사슴들, 지금은 없는 사슴들이 그 평원을 뛰어다니는 모습이 눈에 보일 듯한 초월적인 광경이었습니다. 그리고 더 올라가다 노루샘에서 마신 그 물⋯⋯. 「하얀 사슴 연못」을 쓸 때만 해도 마지막에 등장하는 상상 속의 그 '물'이 거기 있을 줄 몰랐는데, 그 물은 정말 거기 있었습니다. 이미 완성된 시가 또 한 번 실재적으로 완성되는 순간, 관념이 바야흐로 실물감을 획득하는 순간이었습니다. 아마 노루샘의 그 물을 마시지 않았더라도 「하얀 사슴 연못」은 그대로였겠지만, 그랬다면 이 시가 아직까지 제 마음에 맑게 고여 있진 않았을 거예요.

지용이 시 「백록담」을 발표한 것은 서른일곱일 때였고, 시집 『백록담』을 출간한 것은 마흔일 때였습니다. 공교롭게도 올해는 제가 마흔이 된 해이고, 저는 몇 달 전 「하얀 사슴 연못」을 포함해, 그간 정지용을 읽고 쓴 시들이 담긴 시집 원고를 출판사에 넘겼습니다. 어디까지나 지용에 대한 존경과 우정을 담아서요. 그래서 「하얀 사슴 연못」의 수상 소식이 더없이 기쁩니다. 어쩐지 하늘나라에서 지용이 저보다 더 기뻐할 것 같아서 말이죠.

수상 소식을 전해 듣고 처음에는 마치 죄인이라도 된 듯한 심정이었습니다. 저보다 좋은 시를 치열하게 쓰시는 분들이 훨씬 많은데……. 하지만 이윽고, 내년에는 이미 하기로 한 것 이상의 번역 일(현실감각이 제로에 가까운 저의 유일한 밥벌이 수단입니다)은 하지 않아도 되겠다는, 아니 꼭 그래야겠다는 다짐을 할 수 있었습니다. 심사위원 선생님들께서 제게 주신 것은 이루 말할 수 없이 따뜻한 격려이기도 하지만, 무엇보다도 시간 그 자체인 것 같습니다. 나날이 내 것이 아닌 것처럼 여겨지는, 이미 저당 잡혀 있는 그 수많은 시간들……. 오늘 저는 저만의 시간을 수여받은 느낌입니다. 감사합니다. 그 귀한 시간을 시에 바치겠습니다.

제 머릿속에 들어와 살고 있는 문장 가운데 이런 게 있습니다. "inquietum est cor nostrum, donec requiescat in te." 아우구스티누스의 『고백록』에 나오는 문장으로, '당신 안에서 안식을 얻기 전까지, 우리의 마음은 쉬지 못합니다' 정도로 번역하는 게 적당하겠지만, 저는 이 문장을 '당신 안에서 쉬기 전까지, 우리 마음은 정처 없습니다'로 의역하길 좋아합니다. 계속, 정처 없겠습니다. 당신 안에서 쉬기 전까지. ▪

2023 現代文學賞 수상시집
하얀 사슴 연못 외

지은이 ı 황유원 외
펴낸이 ı 김영정

초판 1쇄 펴낸날 ı 2022년 12월 10일

펴낸곳 ı ㈜현대문학
등록번호 ı 제1-452호
주소 ı 06532 서울시 서초구 신반포로 321 (잠원동, 미래엔)
전화 ı 02-2017-0280
팩스 ı 02-516-5433
홈페이지 ı www.hdmh.co.kr

ⓒ 2022, 현대문학

ISBN 979-11-6790-146-0 03810